亦

舒

作

品

亦舒

- 作品 -

14

痴情司

湖南文艺出版社

痴情司09

目录

痴情司 09

壹 ·

自七岁开始，任乃意就做这个梦。

这并不是一个噩梦。

但它是一个持续的、缠绵的、怪异的梦。

自七岁开始，任乃意就做这个梦。

这并不是一个噩梦。

但它是一个持续的、缠绵的、怪异的梦。

乃意在梦中游荡到一间雪白的大厦前，推开巍峨的大门，一进去便是间宽厅。

乃意发誓有个柔和的声音唤她进屋，并非误闯。

开头的时候，就那么多。

随着年龄增长，那重复梦境中的细节渐渐显露。

乃意曾多次对母亲说："妈妈，妈妈，我做梦梦到去一座白色的大厦里玩。"

任太太只笑答："呵，做梦了。"没有太多关注。

白色厅堂的天花板非常非常高，乃意要到十四岁那年，才看清楚墙上悬着的两幅图画原来是一副对联。

室内光线恰恰好，柔和舒适，乃意把对联念出来：假作真时真亦假，无为有处有还无，对联当中打横写着"太虚幻境"四个字。

小乃意正念英文中学，填鸭教育派下来的课本之一是乔伊斯的《尤里西斯》，读得一头雾水，不得要领，正怀恨在心，蓦然见此对联，统共忘却身在梦中，便咒骂曰："意识流，无厘头。"

随即提高声音："有没有人，谁找我？"

没有人回答。

乃意仍然不觉害怕，因厅内气氛祥和，不似有人要伤害她，多年都梦见这间大厦，再熟悉没有，乃意不止一次想，这真是温习功课的好地方。

十五岁了。

客堂左侧忽然有一扇门打开。

乃意向自己点点头。"哦。"她调皮地说，"新景象、新境界。"

毫无恐惧地进门去。

房间比较小一点，天花板上似有一扇天窗，乳白色光柱温柔地射下，乃意伸一个懒腰，舒适无比，只见门上也横书四个大字，写着"孽海情天"，又有一副对联大书云：厚地高天叹古今情不尽，痴男怨女怜风月债难偿。

读后乃意掩嘴骇笑，老土老土，简直是母亲辈常读言情小说之调，不可思议，装修这样时髦先进的屋子里，竟挂着如此过时玩意儿，莫非是屋主故意要做成一种对比：新同旧、黑与白、光和影。

乃意站在偏厅中好些时候，梦境越来越详尽，越来越精彩了。

乃意仍然不知身在何处。

乃意记得很清楚，那是春节假期，她日日睡到日上三竿才起床大吃大喝，完了又无耻地跳进被窝寻其好梦，一连数日，饱肚睡觉，梦特别多。

一丝不乱，只不过这一次，有人叫她。

"乃意，你来了。"

口气像是老朋友招呼许久不见的她，亲昵且充满怀念。

乃意受到感应，忍不住回头说："你是谁？"

转得身来，才发觉应该问你们是谁：乃意面前站着两位稍微比她大一点的白衣女郎，容貌秀美，和蔼可亲。

好了好了，现在终于有人可以告诉她，这是什么地方了。

乃意哪里会虚伪客套，马上问："我在哪里？"

脸蛋尖一点的女郎笑着说："让我们来介绍自己，我叫美。"

面孔圆一点的那个接着说："我叫慧。"

乃意怔在那里，这算是什么名字，两人穿着一式象牙白衣裳，裁剪料子都一流，像是哪间大机构高贵的制服，怎么会有这样俗套的名字。

乃意脱口而出："是一种艺名吗？"

美有点无奈："不，是真名字。"

"你俩是孪生儿？"乃意好奇心无止境。

美同慧说："这份工作越来越艰难，时代进步，再下去会受嘲弄。"

只听得慧答："乃意不是这样的人。"

乃意不住发问："贵姓？你们工作性质如何？隶属哪家公司？我们有否见过面？对，这到底是什么地方？我自七岁起便来这间大厦逛，每个女孩遭遇都如此，抑或偏偏选中我？"

美与慧面面相觑。

乃意建议："有无舒服大张的沙发坐下来给我一杯果汁慢慢对谈？"

美苦笑呻吟："你看，我们统共不合时宜，恐怕要受淘汰。"

慧比较乐观:"让我慢慢同乃意解释。"

乃意笑着看住她俩:"请。"

美与慧两人正要开口,乃意耳畔忽哗啦一声,惊破好梦。

是乃意十一岁的小弟乃忠进来偷糖吃打翻高凳摔个狗吃屎正挣扎起身。

乃意掀开被褥瞪着弟弟:"任乃忠,我恨你,我一辈子都恨你。"她抬起脚去踢他,乃忠比她快,乃意腿肚先挨了两拳。

正撕打,任太太进房来苦苦哀求:"大小姐,人家女孩子长到你这个岁数,已经温柔懂事,你是怎么搞的,还日日打架生事。"

乃意见到她情绪顿时低落。

任太太说:"听电话,区维真找你。"

乃意装一个吃不消要作呕的鬼脸:"我不要听,我功课完全没问题,才不用向他借笔记。"

"乃意,不准净挂住利用人,维真是个好孩子。"

"咦,一脸的疤,千度近视,升中至今未长高过半厘米,才到我耳朵,噫!"

"以貌取人,失之子羽。"

"妈妈,请说我不在家。"

那乃忠已经取起话筒，对姐姐的男同学说："乃意不要听你的电话，她说你是丑八怪，才不用你帮她做功课。"

日后乃意与弟弟相敬如宾，感情上距离如隔参商，每逢想到儿时活剧，都无限唏嘘。

当下乃意开心的是她的梦。

她努力再睡，已经失去美与慧的踪迹。

乃意只得把那副对联抄在手册上，结果还闹了场风波。

被妒忌多事的同学交到老师处，硬派任乃意乱写情书给男学生。

事情正欲闹大，区维真自告奋勇去见老师。

他当着乃意的面说："这两句话节录自古典名著学校指定课外读本之一《红楼梦》，不信，请老师看第五回。"

那年轻的女教师涨红脸说："有此事必然查清楚，决不冤枉任乃意。"她根本没有看过《红楼梦》。

如此这般那愣小子居然开脱了任乃意。

乃意看着小区脸上永远治不好的疱疱："多谢你为我撒谎。"

小子愕然："我说的全是真话，乃意，我真没想到你熟读《红楼梦》。"

"我？"轮到乃意好生意外，"我，当然，你别以为只得你一个人中文程度高。"她吹牛，她从不看中文书。

小区谦曰："有空互相切磋。"

乃意不愿与他多说，少女眼中看不到一米七五以下的男生，匆匆向小区告别而去。

十六岁生日那晚，乃意复梦见美与慧。

乃意像见到老朋友一样："你们到什么地方去了，好久不见。"

"我们忙着处理别的个案。"她俩笑。

乃意疑心："我可是你其中一案？"

"正是。"两人同声一致答道。

乃意奇问："有什么好处理的？"

美与慧忍不住说："你还不知道？我们掌握的，是你未来的感情生活。"

乃意一怔，仰起头，看着那道令人心旷神怡的光柱，美与慧还以为她明白了，正要说声孺子可教也，谁知乃意接着问："我可不明白，我未来的感情生活，与你们有什么相干？"

美与慧为之气结，没想到这女孩口齿虽然伶俐，其笨如牛。

美说："当然关我们事，你知道我们是谁？"

"所以我一直问呀，你们到底是谁？"

这个时候，美与慧同时收敛了笑容："我们是痴情司。"

乃意仍然以那种不可置信的目光看住美与慧。

她是一个调皮的少女，每当弟弟对她说"姐姐，以后我会对你好"的时候，她便用这种"我做错了什么导致你以为我低能"的目光看住他。

现在又用上了。

过半晌乃意说："我从来没有听过有痴情司这回事，我只知有布政司按察司社会福利司礼宾司与保安司。"

谁知美答："你说得很正确，'司'指掌管，我俩司人间之风情月债，掌人间之女怨男痴。"

乃意睁大双眼："你说什么，你讲文言文？"

慧摇摇头："将来你会明白。"

乃意低声嚷："我到底在什么地方？"

慧轻轻答她："你在离恨天上，灌愁海中，放春山，遣香洞的太虚幻境。"

乃意服帖了："No kidding！"[1]

美啼笑皆非地看着同伴说："她不相信我们。"

---

[1] No kidding！：别开玩笑了！

　　乃意有点不大好意思："看，我只是一个微不足道的平凡少女，感情生活相信亦十分简单，我只不过希望在二十七八岁芳华全盛之时，名成利就之后，嫁一个英俊富有温柔有学养有事业十全十美的好男人而已，要求不算高，不会有劫数，你们大可以把我这个案取消，专为他人棘手之命运努力，嗯？"

　　慧在这个时候不得不承认："美，你说得对，她不相信我们。"

　　乃意赔笑道："我想告辞了。"

　　没想到谜底揭穿，无聊若此。

　　"且留步。"

　　乃意忽然一点也不留恋这间白色大厦了："我真的要走，这样睡下去不是办法，我还要赶功课。"

　　美与慧很温柔地看着她："乃意，你性格奇突，你对未来丝毫没有兴趣？"

　　乃意笑笑："命运由自己双手掌握。"

　　"好！说得好。"

　　"对不起，我的命运不容人干预。"

　　美与慧相视而笑。

　　乃意平和地说："我真的喜欢你们，来日方长，有空再见。"

　　美与慧笑道："改天再见。"

醒来，乃意觉得强光刺目，原来红日炎炎，太阳一早已经升起，顿时把梦中情节忘记一半。

只听得客厅中有人声，乃意披上外衣，前去张望。

只听得有人说："你考虑考虑，并非不可行。"

接着是母亲的声音："才十一岁呢。"

原先那人笑："不然几岁去，三十岁？"

任太太沉吟。

谁？好神秘，差不多同乃意那持续的梦境一般诡秘。

家中只有一个十一岁的成员，除任乃忠没有他人。

"我要想一想。"任太太说。

"那当然，一个月内你随时通知我。"

乃意忍不住出去看个究竟。

一个同母亲差不多年纪相貌的女子转过头来，她有一双极其精明的眼睛，上下打量乃意一会儿，笑着说："是大小姐吧，好睡好睡，周末不用上课？"

乃意抬头看客堂间挂着的钟，发觉已是下午一点多。

任太太笑着叫乃意："可记得阿姨？"

呵对，是母亲小一岁的妹妹，长年住在外国，许久不回来，人一到必有精致礼物跟着来。

是以乃意叫得非常响亮:"阿姨。"

阿姨笑道:"我有事先走。"

任太太送妹子出去,站在门口又说一会子话才回转。

"什么事,"乃意追上去问,"是否关于乃忠?"

任太太取过一盒包装精美的礼物递给乃意:"你的。"

乃意连忙拆开,是只水晶小盒子,连忙拥在怀中。

任先生在旁看到:"专送这些不切实际之物,不能吃也不能穿。"

乃意十分不以为然,她情愿穿破些吃粗些也要拥有一两件精彩的小玩意儿。

当下只听得母亲问父亲:"你说如何?"

"我无异议。"

"要问问乃忠。"

乃意忍无可忍:"乃忠是小孩,他懂什么,为什么不同我商量?"

任太太很温和地说:"乃意此事与你无关。"

这真是侮辱。

"我是家中一分子,家中每事我必有份。"

任太太笑起来:"这话是你说的,我不妨同你击掌为盟,成年后不得扮作没事人。"

"同乃意说吧。"任先生终于同意。

"你阿姨想帮我们支付乃忠的教育费，先把他接到伦敦念私立中学，然后去美国上大学。"

乃意一愣："为什么没选中我？"明年就要毕业，正为前途担心。

任太太沉默一会儿："我们不知道。"

"你们没有推荐我？"乃意追问。

"你阿姨自有主张。"

乃意知道母亲娘家姓盛，盛女士们很有一点固执，决定的事就是事实。

乃意怨道："重男轻女。"

任先生说："也许为着证明她不愁寂寞，此举全属见义勇为，不然挑选乃意，也可以做伴。"

乃意气馁，一定是睡过头了，才错失良机。

任先生搔搔头皮："实不相瞒，毫不讳言，凭我小小公务员之力，一子一女甭想留学。"

任太太笑笑："人才并非全属留学留回来的。"

这是题外话，留学多么好玩，谁会真的企望在那数年之内学得做人上人之秘诀，当然是净享受耍乐，当下乃意微弱地抗议："我也要去。"

任先生甚有歉意，无奈地看妻子一眼，沉默。

乃意专等乃忠回来，出言恫吓："爸妈不要你了，已将你卖给阿姨，将来改姓盛，你的子孙也只好姓盛，任家与你从此没有瓜葛。"

乃忠却似忽然长大，看姐姐一眼，淡然说："阿姨已与我说明白，她没有任何附带条件，我是自由身。"

乃意为之气结，如此好运，竟叫这可恶小子拣了去。

母亲不该生两个，只生任乃意一个，什么事都没有。

但小小乃忠忽然抓住姐姐的手诚恳地说："乃意，我知道你从来不曾爱过我。"

乃意速速别转面孔："谁说的。"

"我这次到英国先要寄宿五年。"

"我知道。"幸运的家伙。

"阿姨说一年只可回家一次。"

乃意硬着心肠："那又怎么样？"

"我会想家。"乃忠低下头。

乃意不耐烦起来："拿点志气出来，有空多参与课外活动，切莫动辄打长途电话回来哭诉，有什么事，能解决的自己解决，不能解决的也要自己解决，英童若欺侮你，马上打回他，打不过，召警协助，报告校长，闹得天下尽知，人就怕你，最忌忍声吞气。"乃意的声音渐低："走得那么远，我们不能来看你，阿姨又住三藩市，靠自己的了。"

乃忠忽然伏在桌上饮泣。

乃意叹一口气："男子汉大丈夫，流血不流泪。"

还是个小孩子哪，由此可知，有机会接受造就，可能要加倍吃苦。

乃忠哽咽道："一直只听你说盼望妈妈没有生过弟弟，现在被你如愿以偿。"

"那是因为你顽劣无比。"乃意自辩。

乃忠提高声音："也没有其他人的姐姐专爱打架。"彼时他还没有转声音，像个女高音，乃意被他惹得笑出来。

过一会儿乃意说："这是你千载难逢的好机会，阿姨要在你身上花许多心血金钱，我就没有这样幸运，日后中学出来，至多跟父亲一样，一生做小小公务员，将来你若成才，当上美籍华裔科学家之类，可别忘记父母。"

"你呢？"乃忠抬起小小面孔，"我可否忘记你？"

乃意看弟弟一眼，慷慨地说："无所谓，我不关心。"

心里却想，小子，将来你若成为贝聿铭第二，在卢浮宫外盖玻璃金字塔而不以姐姐命名，就有得你好看的。

小家伙收拾一只箱子就预备上路。

自他出世之后，就夺得所有注意，有时乃意说恨他是真实的感觉，但他这一走，家里势必空荡荡的，乃意心中又不是滋味。

乃忠轻轻同姐姐说："暑假我会回来。"

阿姨来看过乃忠的衣服，笑说统不合用，干脆全部到外国去置也罢。

乃意有点不以为然，乃忠本来就穿这些衣物长大，环顾父母，却发觉他们丝毫不介意，任由阿姨摆布，可见人穷志短这句话正确无误。

在父母心中，仿佛已看到乃忠的美好将来，气昂昂头戴簪缨，光灿灿胸悬金印，威赫赫爵位高登，目前一点点牺牲不足为道。

乃意酸溜溜地想，弟弟压力非同小可。

之后，她就同他生分了。

乃忠由阿姨陪同离开了家。

飞机场话别，阿姨穿长大衣戴手套，十分潇洒，一只手按乃忠肩上，乃意看小乃忠抬起头，感激而诚服地看着阿姨。

自然，她是他的恩人，小小孩童也懂得其中道理。

归家途中父亲安慰母亲："别担心会失去乃忠，有能力人家都如此把孩子送出去受教育，外国那套大大不同。"

任太太不出声，乃意亦维持缄默。

晚上乃意在小小卧室中温习功课，正埋头苦读，忽而听见背后窸窸窣窣，很自然地抬起头说："乃忠你活脱脱是只小耗子。"猛地想起乃忠此刻正在飞机舱中也许在印度洋上空，不禁黯然掷笔。

原来还想把此刻在读的课本留予他，做笔记时特别小心，把重要句子用红笔再三画上底线，现在全部派不上用场。

乃意伏在书桌上失神。

此际她又听到身后有响声，不由得她不转过身子来。

房间才豆腐干那么一丁点大，一掉头乃意便看见她那张小小床沿上坐着两个人。

是她的老朋友美与慧。

乃意"哎呀"一声站起来。

美连忙用一只手指遮住嘴唇："嘘，嘘。"

乃意瞪着这一对白衣女郎："你俩怎么跑到我家里来了，你们是我梦境的一部分，不可能在现实世界中出现。"

慧笑一笑，圆圆的脸蛋显得特别甜美，欲言还休，似嫌乃意资质拙劣，说了也不会明白。

"请解释。"

美笑问："为何要求答案？"

乃意顿足："不要打哑谜好不好，你们是如何自太虚幻境里跑出来的，快说。"

美答："乃意，你一定在功课中读过，人所看到的景象，可分两种。"

这是测验什么，心理，还是生理？

"第一种讯息由视网膜将景象传给脑神经所得。"

乃意说："是，正确。"

"第二种讯息先在脑海形成，然后传授给眼睛神经。"

乃意一听，不以为然："且慢且慢，等一分钟，我可没有神经病，我的脑袋才不会任意构造不存在画面。"

美安抚道："乃意，其实你只要信任我们即可。"

乃意摊摊手："不是我天性多疑，但盲目相信非实用科学可以解释的现象，诚属危险。"

美与慧到底年轻，沉不住气："那么，科学可能解释一朵玫瑰？"

"叶绿素功能。"乃意理直气壮，"阳光空气水分与泥土中养料给予玫瑰生命。"

慧莞尔："那么，请问美艳娇嫩的花瓣如何形成，那芬芳迷人的香气又从何而来。"

乃意瞠目结舌。

"解释解释解释。"美与慧相视而笑。

乃意正搔头皮，听得母亲在门外道："乃意你同谁说话，晚了明朝还要上课。"

乃意扬声答："我读功课罢了，待会儿就上床。"

一受打扰，转眼美与慧已经离去。

乃意觉得肩膀上有人推，睁开眼来，发觉母亲正站她面前，她则伏在书桌上睡着了。

乃意茫然地抬起头，原来是南柯一梦。

任太太笑说："缘何讲起梦话来。"

乃意发愣，难道美与慧这两个角色由她自创，用来陪伴一颗寂寞少女心？

乃意一看，已经凌晨，连滚带跳上床去。

弟弟走后，乃意便置一具小小无线电，放床头细听。有时天亮醒来，才发觉忘记将它关掉再睡，它竟不停絮絮地直诉了一晚衷情，了不起。

功课多而繁，生活贫血沉闷。

父母出去看场戏都难得，老爱在电视机前打盹。

乃意开始与弟弟通讯，措辞斯文而客套：乃忠吾弟如见……不知典出何处，仿佛多年前在某尺牍上读过如此称呼。

没有不寂寞的少女。

一天放学，路过文具店，乃意买了一沓原稿纸，数管笔，回到家，在课余把她的感受一一写下。

她坐在写字台前面的时间，比任何少女都多。

不多久，弟弟回信开始用英语。

他因为功课进步是怎么样的高兴，复活节阿姨与他到康沃尔度假又是何等样的新奇，同学们与他十分友爱，并无冲突，最后，希望你们都在这里，你忠诚的，乃忠字。

遥远的感觉，非笔墨可以形容。

真实的感受，只有他自己才会知道。

乃意觉得乃忠具科学家特色，每信皆于每月一号与十五号寄出，绝不提早或延误，渐渐收信人驯服，训练他们依时依候等信。

乃意自问做不到，要说话的时候怎么可以把心事押后，等到月初或月中？

成绩表副本寄到家中，任先生用英文笑赞："飞跃的颜色！"

乃意很替乃忠高兴。

乃忠变了，自小耗子变成读书人，暑假回来，必定不愿意再打架。

乃意有点唏嘘。

痴情司 09

贰.

那女孩有张小小皎洁面孔，五官精致，不算十分美貌，却有脱俗之态，明亮眼神中略带丝彷徨，使人忍不住要保护她。

第一次参加舞会，需要一身舞衣，乃意未敢开口问父母要，由同学介绍，往快餐店做临时工，两个周末，赚得外快，赶着买了件乳白纱衣，一到家，拆开就穿上，不舍得脱下，浑忘苦工带来的劳累。

　　乃意为自己的虚荣汗颜。

　　整晚穿着舞衣在房中镜前打转。

　　"好看，好看，非常好看。"

　　乃意抬起头。

　　老朋友又看她来了。

　　"请坐请坐。"乃意满脸笑容，"要什么饮料？"

　　美与慧笑答："我们净喝那万艳同杯。"

　　乃意好气又好笑："这里只得可乐。"

美指着乃意脚上的球鞋："你打算穿这个跳舞？"

乃意低头一看："荷包涩，没奈何。"

慧笑说："长这么大了，不能老做伸手牌。"

"我也想找份补习。"

"你不会有耐心做家教。"

乃意犹有余怖："快餐店工作可真不是开玩笑的，人龙似暴动，恨爹娘不多生我三双手，焉能长做。"

美问："你抽屉里放着什么？"

"笔记。"

"不，左上格抽屉。"

乃意不好意思地笑："那些，都是我的日记。"

"是少女日记吧。"慧颔首。

当然不会是猛男日志。

"拿来我们瞧。"

乃意吃惊："算了吧，饶了我。"

美诧异："你非得习惯作品为人所读不可。"

乃意一怔："为什么？"

"因为你将成为本市有名的写作人。"

乃意张大嘴。

过许久许久乃意才说:"可是我的志愿是教书,爸妈希望我做一份收入稳定有福利有保障的工作。"

美笑道:"事与愿违。"

乃意指着她俩说:"你们分明是与我开玩笑。"

慧说:"你几时见过事情照着安排发生?永不。"

美接上去:"你的一支笔会写遍人间风流怨孽。"

乃意抬头哈哈哈大笑:"那我不是也成痴情司了吗,由我掌管书中人一切爱恨情愁。"

美与慧也忍不住笑起来。

乃意没把这预言放心上:"那多好,我掌管虚无缥缈的创作人物,你俩掌管真人真事,比起你们,我的压力轻得多。"

没想到这句话倒是讲到美与慧的心坎里去,她们大大感慨起来:"真是的,碰到困难的个案,束手无策。"长叹一声。

乃意搭讪问:"我呢,我的事容易办吧。"

美坦白答:"以你大而化之的性格来说,事事好商量。"

"当然。"乃意慷慨地说,"爸妈这样偏心,我都处之泰然。"

乃意身上还穿着舞衣,轻松地转个圈。

她问美与慧:"天机可否泄漏一二?"

"你想知道什么?"

"谁会是我的终身好伴侣？"

美与慧但笑不语，一个少女就是一个少女。

益发激起乃意好奇心："你们一定知道，请告诉我。"

美看慧一眼："不如给乃意一点提示。"

慧说："我们的确要讨好乃意，稍后还有事要请她帮忙。"

美仰起头考虑半晌，终于告诉乃意："那人，会染红你的纱裙。"

乃意莫名其妙："就是我这条裙子？"

美已经不愿多说。

慧换了话题："乃意，写妥的日记，不如寄到报馆投稿赚取稿费。"

乃意笑着乱摆手："不行不行不行。"

美同慧站起似要告辞。

乃意想起来问："对，你们要我帮的是什么忙？"

任太太偏在这时推门进来说："乃意，弟弟下个月回来。"手中拿着乃忠的信。

乃意兴奋地呵出来。

这么快便一个学期过去。

任太太看着女儿："如此古怪装束从何而来？"

一盆冷水照头淋下，乃意咕哝："向同学借来的。"

"速速归还。"

乃意穿着它去参加舞会，发觉每个女同学的裙子都大同小异，由此可知在家中许就是公主的人才出到外边未必同样闪闪发光。

一时间女孩子们忙着打量对方，并无余暇享受欢乐气氛，乃意是最早投入的一个，四周围一溜，便发觉有几张陌生面孔。

其中一张属于一位秀丽的少女。

大伙的晚服不过是急就章 [1] 店里买回来的成衣，但这位小姐身上一袭舞衣却使她看上去宛如林间小仙子，它用似云如雾般的灰紫色软烟罗纱制成，像是用了许多料子，偏又十分贴身，好不漂亮。

乃意一时间被她吸引，渐渐走近。

那女孩有张小小皎洁面孔，五官精致，不算十分美貌，却有脱俗之态，明亮眼神中略带丝彷徨，使人忍不住要保护她。

乃意笑问："你好吗，我是五年级甲班的任乃意。"

那少女连忙站起来，衣袂一洒而下，更显得楚楚动人，她

---

[1]　急就章：有点仓促，没有精心制作的意思。

身量颇高，十分苗条，乃意听得她说："我知道你，都说你最顽皮。"

乃意挑起一角眉毛。

少女连忙补充："你功课也最好，也最爱行侠仗义。"

乃意笑："你别听他们的，你又是哪一位呢？"

"我是乙班的插班生，我叫凌岱宇。"

乃意一听，不禁好笑，这样怯生生一个女孩子，倒是有一个气宇轩昂男性化的名字。

"欢迎到我们学校来读书，同舟共济。"

少女伸手来握住乃意的手："希望你能教我。"

乃意觉得同学的小手冰冷冰冷，好似不食人间烟火，乃意性格刚刚相反，热辣辣争取前进，不由得十分欣赏新同学的清逸。

男生过来邀舞，凌同学迟疑着不肯动，乃意鼓励她："跳呀，为什么不玩，快去。"

乃意问舞伴："新同学自何校转来？"

"她自新加坡来，老师说，人家中英文底子都比我们好。"

乃意沉默一会儿，以免灭自己威风。

"家境非常富有，你当然听说过香港置地是财阀，凌家却与新加坡置地有点瓜葛。"

乃意点点头:"你们都打听得一清二楚了。"

舞伴涨红面孔。

乃意笑笑,走到一角取饮料。

"乃意。"有人叫她。

乃意抬起头,见是脸上永远长疱疱的区维真,穿着母亲半跟鞋的乃意比他高出足足一个头。

她才不要同他跳舞。

"你有话说?我们找个地方坐下谈。"

小区知道她的心意,却不愠恼,笑笑偕她到一角坐下。

乃意打量舞池,喃喃说:"都来了。"

小区赞她:"你今晚很漂亮。"

"谢谢。"乃意心不在焉,"小区,听说你功课大进,班主任盼你为校争光,夺取毕业试文状元。"

小区随着乃意的目光看去,不由得自卑地低下头。

乃意看着的是他们学校里第七班的体育健将武状元石少南,他也是每个女同学心目中的香饽饽。

高大英俊威猛的石少南穿着簇新礼服正在带领同学们组织一条人龙跳恰恰恰。

乃意忍不住拉一拉小区："我们也去。"

小区还来不及有反应，那边石少南已经看见乃意。"过来。"他招她，"过来站我后边。"

乃意连忙响应，动作太大一点，一伸手，打翻区维真手上的饮料，洒了一地。

小区拼老命道歉，乃意不去理他，已经跳进舞池。

石少南一身大汗，脱掉外套，露出贴身极淡粉红色的衬衫，魅力随体温发散，乃意欣赏倾慕的目光逃不过石少南注意，他笑着握紧乃意的手。

乃意只希望这支舞永永远远不会结束。

舞罢，一群年轻人的笑声一如晴天里的云雀，半晌，乃意才发觉裙子下边有一片桃红迹子。

这是怎么一回事？乃意忽然想起来，这是区维真那冒失鬼的饮料，那该死的小子不喝蒸馏水不喝透明汽水偏偏要喝石榴汁，毁了她一条新裙子。

乃意决定找他算账。

她拉住小区笑道："你看你染红了……"讲到一半，猛地怔住，想起美与慧的预言，不由得怪叫起来："不，不是他，不可能，不算。"

吓得小区一步步往后退:"乃意,我一定赔给你,我一定赔给你。"

乃意撇下他,丢下整个舞会,跑出街外叫车子回家,一颗心犹自忐忑不安地用力跳。

不用怕,不是他,怎么会是他。

回到家,脱下舞衣,浸在浴缸里,出力洗刷,迹子比她顽固,不褪就是不褪,只得用衣架晾好。

她累极倒在小床上,适才的音乐犹在她耳边荡漾,到底年轻,乃意顿时把那预言忘了一半。

她转过身,睡着了。

这是她熟悉的路,一直通向白色的华厦。

此刻乃意也真有点相信那是一个总部,除却痴情司之外,说不定还有其他部门。

她推开大门进去。

美与慧迎出来。

乃意笑道:"叫我来一定有事。"

她闻见一股细细的甜香袭人而来。

"这间大厦不知有多少房间,都是什么办公室?"

美笑说:"不讲给你听,不然又取笑。"

"我答应你不笑。"

"我们的房间隔壁是结怨司。"

"呵。"原来人与人不是平白结怨的。

"楼上是朝啼司夜哭司。"

"再上一层是春感司秋悲司。"

乃意十分震撼，多么浪漫的一间大厦，专门处理人间女子情绪问题。

相信他们一定忙得团团转。

乃意忽然想起来："我们的事业呢，由谁管辖女子的事业？"

美笑笑："那是一个簇新的部门。"

乃意明白了，痴情司肯定历史悠久，少说怕都有数千年办事经验，从前，女子没有事业，后花园看看白海棠之类便算一生，那时，美与慧的工作想必紧张热闹。

只听得美遗憾地说："时势不一样了，渐渐我们这边权力式微，女孩子们情愿为名利挣扎。"

乃意心底隐隐觉得不妥："只有我仍然看重感情？"

慧抬起头："是，你是绝少数中一个。"

乃意轻轻叹口气："是因为将来我要写许多许多爱情故事吗？"

美点点头笑道:"看,乃意开始相信我们。"

乃意提高声音:"有一件事一定要弄清楚。"

慧诧异问:"什么事?"

乃意气鼓鼓地说:"那人,那人不可能是区维真。"

美与慧但笑不语。

乃意见她们笑,略为放心:"你们只是同我开玩笑,是不是,说只是叫我难堪。"

美却已经换了话题:"乃意,我们相识,已有多年,不知可否请你帮我们一个忙,以偿我俩多年心愿。"

乃意自幼爽快磊落,立刻说:"没问题。"

慧马上教育她:"下次要听过是什么难题才好应允。"

谁知乃意笑说:"放心,我不会吃亏,答应过的事如真要一一履行,那还不死得人多。"

美啼笑皆非,微愠道:"那算了,我们求别人去。"

"慢着慢着,两位姐姐请别生气,适才那套,专用来对付坏人,他无情,我无义,两不拖欠,对好人,当然肝胆相照。"

慧赞叹说:"果然一代比一代精明厉害。"

美说:"所以乃意真是帮我们的理想人选。"

乃意心痒难耐:"这件事我赴汤蹈火,两肋插刀,义不容辞。"

"我们要你扶协一个人。"

"谁?"哎哟哟,不会是区维真吧,要命,刚才怎么没想到。

美摇摇头嗔曰:"你且慢担心,我们说的是一个女孩子。"

女孩子,说的是谁?

"她是我们心头一块大石。"

"愿闻其详。"乃意怪同情这女孩。

"她性格怯弱、多疑、内向、忧郁、敏感。"

呵,乃意莞尔:"同我刚刚相反。"

缺点那么多,其人不易相处。

"但是……"美说,"她也有她的优点,她为人非常真与纯,可惜自古至今,这种特质不为人欣赏。"

乃意调皮地说:"也与我恰恰对调。"

"我们要你同她做好朋友,带引她开导她。"

乃意笑:"保证一下子就把她教坏。"

美与慧高兴地说:"谢谢你乃意,答应我们。"

"女孩在哪里?"

"她与你同年同校,你们已经见过面,你们互相已有好感。"

乃意心念一动:"凌岱宇。"

美与慧颔首："果然聪明。"

乃意沉吟半晌，非常纳罕，凌同学家境富有，样子标致，何用人开导带引？

这时美告诉乃意："这是她最后一次机会，她失败过多次，如果还不能成为一个开心快活人，我们就会放弃她这个案。"

乃意一惊："她会怎么样？"

"沉沦迷津，深有万丈，遥恒千里，无舟楫可通，苦不堪言。"

乃意一听，不禁吓出一身冷汗。

"乃意，醒醒，乃意。"有人推她。

乃意睁开双眼："妈妈。"犹有余悸，幸亏只是母亲。

任太太算得好脾性："乃意，又中午了，你这样爱睡，真是少有。"

乃意腼腆，是，她既懒又蠢，功课老做不好，甚叫父母难堪。

"区维真找你呢。"

"啊！"乃意马上惊醒，"我不要见他。"

"他来向你道歉呀，昨天倒翻汽水，弄脏你衣服，今日来赔罪。"

"算了，我不计较这种小事，叫他走。"

"乃意。"任太太站起来,"不能这样对待同学。"

乃意恶向胆边生:"好,我自己去告诉他。"

她略作梳洗,拉下面孔,出去见区维真。

小区已经等了半日,看见乃意,连忙站起来。

乃意叉着腰,恶审他:"这会子你又来干什么,见人要预约你可晓得,许多事并非一声对不起可以了结,没有事请速速告辞。"

小区十分难过,他维持缄默。

乃意对他一点怜惜也无,凶巴巴地问:"以后无论在学校抑或在街上,我都不准你同我说话。"

小区委屈地抬起头来:"任同学,我想不通你为何对我有偏见。"

乃意握着的拳头松开来。

总不能告诉他,讨厌他是因为梦境中的一个预言。

当下她强词夺理说:"读书时我不想分心。"

小区默然。

"有什么话快说,讲完之后快走。"

小区自身后取出一只盒子:"这是赔你的裙子,还有,这是下星期要交的代数。"

乃意转侧面孔："放下吧。"

"你不看一看？"小区还抱着一点希望。

"我才不会穿。"

"乃意……"

"不用多讲，人家看着会怎么想。"乃意教训他，"男孩子最忌婆婆妈妈，做好功课，创立事业，你怕没有女孩子收你的大礼！"

区维真的面孔唰一下涨红，他鼻尖本来长着一颗小疮，此刻红上加红，惨不忍睹，只得脚步跟跄地离去。

乃意永远不会知道，他也一直没有告诉乃意，就在任家的楼梯口，他哭了起来。

之后乃意在学校里决意避着他。

只要看到他矮矮的背影，就躲得老远。

乃意只与凌岱宇亲厚。

至于石少南，他对高班全体女生，都采取蜻蜓点水式社交关系，滑不溜手，谁都别想抓得住他，他目的是要使每一位异性酸溜溜。

放学，乃意约岱宇去吃冰。

"我弟弟明天自伦敦回来，妈妈紧张得什么似的，把他当作贵宾。"乃意有感而发。

岱宇却羡慕无比:"你真好,有兄弟相伴,不愁寂寞。"

乃意早已发觉岱宇这个弱点:对于别人所有而她所没有的,通通认为难能可贵。

乃意笑:"兄弟不一定爱我,我也未必爱护兄弟。"

"我本来也有一个小弟,可惜三岁时因先天性心脏病夭折。"

"多么不幸。"

乃意也曾经听说岱宇父母已经去世。

可是现代人已比较能够接受这些生命中的必然现象,社交忙,朋友多,消遣五花八门,很快就明白快乐必须自己去找。

岱宇眉心中结着一股淡淡的哀愁,乃意忍不住笑着伸手过去替她揉一揉,岱宇终于笑了。

"周末你到我家来玩,我陪你,大家一起做功课。"

可喜两人成绩不相伯仲,乃意不觉自卑。

凌岱宇说:"不如你来我处。"她生性怕陌生。

乃意笑:"咱们实行有来有往,最公平,后天你先来,可以看到我弟弟乃忠。"

第二天任先生到飞机场去接乃忠,任太太做了一桌好菜。

乃意无聊,伏在桌上继续用原稿纸写日记。

门铃一响，任太太丢下手中所有的工作，跑出去开门，嘴巴里一边叫着好了好了，来了来了，欢天喜地，乃意深觉母亲的一颗心直偏到胳肢窝底下去了。

因为好奇，也因为颇为思念小弟，乃意也跟出去看个究竟。

乃忠站在门口，乃意一看见他，吃一大惊，短短一年不到，他竟长高半个头，肩膀横了，人也胖了，从小小孩童，忽然进化为少年人。

乃意笑了，没想到马铃薯与牛乳对乃忠这样有益。

她叫他，伸出手。

乃忠十分礼貌，立刻趋向前来与姐姐握手。

乃意此刻刹那接触到他的目光。

事后她这样形容给好友岱宇听："弟弟的目光淡漠，如一个陌生人一样，一丝感情没有。"乃意颓然："那边的水土使他浑忘家乡，再不记得七情六欲。"

并非乃意多心，乃忠的确与家人维持客气的距离，他词语中充满"不，谢谢""好的，请你"，进门总是敲三声兼咳嗽一下，又动辄说"请恕我"，乃意并非受不了英式礼貌，但自己弟弟忽然变成英国小绅士，倒是别有一番滋味在心头。

互相撕打吵闹的日子一去不回头。

乃意欲向他提起童年往事，没说上两句，乃忠便频频假咳嗽打断话柄，改说别的，乃意并不笨，三两次之后，也就绝口不提。

算了，他认为不光彩，他愿意忘记，乃意也不想勉强他。

没想到初中一年生已经这样精明伶俐，乃意怀疑他中学时便会顺利变成人精，然后一进大学便成人类的模范。

一切可以容忍，即使称姐姐的同学为凌小姐以及不住谈论天气，但随后发生这件事却改变乃意一生。

一早乃忠进房来借文房用具，看见姐姐案头的一沓原稿纸，不禁纳罕，到底工夫尚浅，他一时忘记好奇心是最无礼的一种表现，竟问姐姐："写得密密麻麻的中文，到底是什么？"

乃意不甘示弱，竟然吹起牛来："这是我在写的一篇文章。"

谁晓得乃忠一连串问题跟着而来："关于什么，可打算发表，与社会有何益处？"

乃意招架无力，只得死顶："它是一篇小说。"

乃忠扬起一角眉毛："一个虚构故事？"

到这种地步，乃意不得不坚持下去："正是。"她挺起胸膛迎战。

乃忠过半晌，欲语还休，终于忍不住说："乃意，我认为你还是集中精神用功读书的好。"

"为什么?"

"这种无聊的嗜好最分心。"

乃意瞪着弟弟。

"课余有时间,玩玩芭比娃娃,帮助母亲做些家务也就是了,你不是真以为你可以成为一个小说家吧。"乃意真不相信小小乃忠这样老气,这样势利,以及这样大男人主义。

当下她淡然说:"我们走着瞧,时间会证明一切。"

"好,我们打赌。"

"赌的是什么?"

"我俩的意志力。"

"请问我的好兄弟,你又想做什么?"乃意的语气亦讽刺起来。

"我要做最年轻的教授。"

"赌二十年后的事,你不觉荒谬?"乃意有点心虚。

"那一天很快就来临。"乃忠十分有把握赢的样子,双目闪过一丝得意的神色。

乃意恶向胆边生:"我们击掌为盟。"

两姐弟啪的一声拍响双掌,用力过度,掌心麻辣辣地痛。

假期很快过去，乃忠飞返伦敦，乃意已经开始后悔夸下海口，天晓得怎么样才可以成为一名作家。

总要设法走出第一步。

每一个中学生都有兴趣写作，但很少有人一直坚持到底，乃意把她的少女日记影印一份，附上一封短笺，寄到一家报馆去投稿。

她同岱宇说："最终是投篮。"

岱宇笑："别悲观。"

"你见过我弟弟，你应该知道他会达到他的志向。"

岱宇点点头："是，他的确有异于常人。"

"我呢？"乃意把脸趋向前去。

岱宇细细打量好友的面孔，乃意眉宇间一股倔强之意不容忽视，于是岱宇笑说："也许你会成为那种一天到晚抱怨怀才不遇的潦倒作家。"

谁知平常嬉皮笑脸的乃意听了这话却动了真气，对岱宇不理不睬达个多月之久。

岱宇打躬作揖，赔礼做人情，乃意才松弛下来。

这当儿，报馆也没有给任乃意小姐复信。

乃意又再影印一份副本，寄到一份周刊去。

因为喜欢写，她并没有停下笔来。

岱宇不停问："你几时到我家来？"

乃意自她言语中陆陆续续早已知道，那其实并不是她的家，那是她外婆家，此刻由她表哥表嫂管事，人情复杂。

所以乃意有点戒心。

岱宇的外公姓甄，她称之为家的地方，其实是甄宅。

乃意说："你知道我不惯出大场面。"

"说真的，我羡慕你的家，人口简单，有话直说，亲亲热热。"

"罢哟，岱宇，人家的什么都是好的。"乃意笑。

"你到过我家，便晓得我是肺腑之言。"

乃意不是没有心理准备的。

但车子一驶近甄宅的私家路，她还是忍不住惊骇地把身子向前探出去。

她错愕万分，这条路太熟悉了，自七八岁开始，她便不住地梦见此处，这是那条通向白色大厦的路！

车子在她的惊疑中停下来，那座白色华厦就在她眼前，乃意睁大双眼喘出一口气。

她身边的凌岱宇笑问："你怎么不下车？"

乃意站定，看着近三米高的雕花橡木门发愣，半晌才说：

"我没想到甄宅会豪华到这个地步。"

岱宇说："近七十年的老房子，很多地方有待修葺。"

由司机按门铃，白衫黑裤的女佣出来应门，岱宇原是被服侍惯了的，头也不抬便拖着乃意走进去。

乃意没想到岱宇这样会摆小姐架子，不由得莞尔。

一进屋内，乃意连忙打量环境，先看到一盏辉煌的水晶灯，璎珞精光闪闪，她心里略安，不，这里不是痴情司，此处不过是豪华住宅。

岱宇向她低声介绍："大堂左边是会客室，右边是大厅饭厅，楼梯那厢是图书室，长窗通往后花园，楼上是卧室连休息室，游戏室在地库。"

乃意吞一口涎沫，单是甄宅的入口大堂已经比任家小单位总面积还要大，那里单放一张大理石高几，几上置一只好大的水晶宽口花瓶，插着七彩鲜艳的时花。

乃意马上决定，以后她小说中的女主角，通通要住在这样的房子里。

岱宇笑问："你喜欢参观哪里？"

"有没有跳舞厅？"乃意大胆问。

"有，自会客室进去，请跟我来，任小姐。"

两扇落地门推开，偌大的跳舞厅里并无一件家具，天花板一半以玻璃搭成，晴天的晚上，想必可以看到灿烂星光。

"呵。"乃意艳羡地叫出来，"凌岱宇，你的生活好比小公主。"她站在精致拼花的木地板上。

岱宇忽然苦苦地笑："可惜这里是甄宅而不是凌宅。"声音越来越细。

有道理。

岱宇随即说："我们去吃下午茶。"

"到哪里？"

"到我休息室来。"

其实那是岱宇的私人小偏厅，一切设备应有尽有，也就同乃意家的客厅差不多大小。

乃意窝进沙发里，不愿意起来。

她笑同岱宇说："你还乱羡慕人。"

岱宇斜倚在她对面，幽幽地说："你不知我日常生活有多寂寞。"

乃意一听，失笑道："谁不寂寞，你以为我不孤独？"

"你有选择，我没有，你同家人谈不来，我没有家人。"

乃意正欲申辩，一中年女佣已捧着银盘进来。

乃意肚子饿，一见雪白瓷碟上有两个美丽的黑森林蛋糕，已经见猎心喜，蠢蠢欲动。

谁知岱宇一看，脸色便一沉，看着点心，问那女佣："都有呢，还是给我一个人？"

那女佣含笑答："都用过茶点了。"

岱宇便冷笑说："原来是人家挑剩的，拿走，我不要。"

乃意不相信自己的耳朵，眼看到嘴的甜头就要飞走，再也不顾礼数，快若闪电，伸出双手，把蛋糕碟子抢到手，朝女佣笑笑："你可以走了。"

女佣松口气离去。

乃意掩上门，对犹自气鼓鼓的岱宇说："你这人……"她据案大嚼，"其笨如牛，不吃白不吃这话你听过没有，好汉不吃眼前亏，你管是谁先吃，此事且慢商榷，至要紧，面皮老老，肚皮饱饱。"

岱宇从没听过这样老到的江湖口吻，新奇兼突兀，不禁指着乃意骇笑。

乃意把嘴角的奶油抹掉，一本正经分析："人家挑剩才给你，摆明不把你放在眼内，水暖鸭先知，最势利的便是这些用人，你何必把七情六欲都摆在脸上叫他们知道，再说，已经吃了亏，还要赌气，岂非贱多三成，当然是吃了再说。"

岱宇一听这样的知心话，知道绝顶伶俐的任乃意已看清她的处境，不禁泪盈于睫。

她颤声说："我就是气不过。"

乃意笑笑："小姐，形势比人强，权且忍它一忍，免得人家说你没修养，坏脾气，似怪胎。"

岱宇跳起来："你怎么知道？"双目通红。

乃意苦笑："家母老这样说我。"

岱宇嗤一声笑出来，与乃意紧紧搂抱。

"他们歧视我。"

豁达的乃意说："没关系没关系，被伊们看得起亦未必就可以在社会立足。"

"乃意，你好似上天派下来安慰我的安琪儿。"

乃意吐吐舌头，飘飘然，从来还没有人如此盛赞她。

到这个时候，她不得不尽朋友的义务："没有人会在外公家住一辈子，外头世界不晓得多大，你且读好书再说，莫气馁。"

岱宇握紧乃意的手。

痴情司 09

叁·

天空那么宽，草原何等阔，都不再重要，
一头栽进这层复杂尘网中，永不超生。

乃意隐隐觉得似要对岱宇负责，压力顿生。

"来。"她说，"带我去逛后花园。"

游泳池正在那里，太阳伞下坐着一位少妇与一位少女，闲闲地喝茶话家常。

岱宇介绍："我表嫂同表姐。"

乃意暗暗留神，先打量那少妇，只见她三十多年纪，家常亦打扮整齐，浑身上下香奈儿衣饰，一双眼睛炯炯有神，看到乃意，立刻绽开笑容，请她坐，又唤用人送冰茶上来。

那少女微微笑，不说话，浓眉长睫，唇红齿白，使人忍不住要亲近她。

乃意便想，这家人真幸运，不知是谁的遗传，一个一个面相奇佳，家境又富裕，平常老百姓如任乃意难免相形见绌。

那少女站起来伸出手："我叫林倚梅。"

岱宇忽然不以为意地撇撇嘴角，乃意连忙暗暗轻推好友一下，林倚梅全看在眼内，只是不声张，一径与乃意握手。

乃意便知道倚梅这女孩不容小瞧，但凡喜怒不形于色的人物都值得尊重。

这时岱宇的表嫂甄太太李满智站起来笑说："你们年轻人多谈谈，我失陪了。"

乃意连忙说："甄太太也很年轻。"

那位甄太太嫣然一笑："任小姐给我意外之喜。"不由得对这个反应敏捷能说会道的小女孩另眼相看。

她婀娜地走回客厅去。

乃意的注意力又回到林倚梅身上来。

只听得她诚恳地说："下星期日表姐替我过生日，开一个花园舞会，任小姐你一定要来。"

乃意岂有不答应的，马上说："好，我来。"

一转头，却看见好友老大的白眼递将过来，而那边林倚梅只是甜笑。

乃意莫名其妙，不知做错了什么。

待倚梅走开，岱宇才责怪乃意："你这人，有奶便是娘。"

乃意这才醒悟:"你同倚梅是对头?"

"她比我们大好几岁,大学已经毕业,瞧不起我们黄毛丫头。"

乃意笑:"你听听这语气,醋汁子拧出来似的。"

"表嫂净挂住同她做生日。"

"不,我听她说是表姐。"

岱宇寂寥地说:"我的表嫂,可不就是她的表姐,表嫂的母亲同她父亲正好是两兄妹。"

乃意家人口单薄,对这种复杂的亲戚关系一点概念也无,一片茫然。

"不要紧。"她安慰岱宇,"我帮你做生日。"

岱宇呼出一口气:"算了吧你,敌我不分。"

这个罪名可大可小,乃意有点尴尬,便说:"冤家宜解不宜结。"

岱宇瞪同学一眼:"你不晓得她多深沉厉害。"

乃意说:"你看园子繁花似锦,芬芳扑鼻,别小气,别生气。"

不知怎的,执着的岱宇就是肯听乃意劝解,当下安静下来,不再气恼。

两人正谈别的问题,忽见一中年男子信步走近,白衣白裤,手指上套着车匙圈，不住地溜溜转，十分纨绔的样子。

乃意一见这位仁兄如此模样，便想起周刊上那些专门追小电影明星的公子哥儿，不由得放肆笑起来。

那位先生早已被潇洒的陌生少女吸引，再也禁不起她的灿烂笑容，便走到她身边站住。

岱宇叫一声大表哥。

乃意便知道这是适才那位甄太太的丈夫。

他笑眯眯地对乃意说："叫我佐森。"

岱宇警惕地说："我们正预备出市区。"

甄佐森说："我送你们。"

岱宇笑答："不用客气。"一手拖着乃意走开。乃意发觉岱宇在这间大厦之内好似没有朋友。

她悄悄在乃意耳边说："甄佐森著名的嗜好是猎艳。"

乃意笑："那么，有艳遇者才需小心。"

岱宇说："我服了你任乃意。"

两人走到大门口，乃意回头看甄宅，仍然觉得它的外形同梦中的白色大厦一模一样，究竟她同屋子里的人与事有什么渊源，要待日后才知。

出了一会子神，才抬起头来，不知几时，跟前已经停着一部白色敞篷车，司机正抬起头与岱宇说话。

乃意接触到岱宇的神情，不禁呆住。

只见同学白皙小脸上泛着绯红，双目难掩喜悦纠缠之意，欲语还休，无限依恋。

电光石火之间，乃意恍然大悟，凌岱宇分明在恋爱，她退后一步，深深关切好友，呵，从此入魔障了，可怜，心不由己，寝食难安。

乃意急急想知道她的对象是谁，便注意那司机，看仔细了，不禁有点失望，那小生太年轻也太英俊，不似有担待的样子。

凌岱宇这种性情，最好挑一个大几岁有资格的男朋友，处处呵护她才是。

正在此际，岱宇叹口气，才发觉乃意站在一边笑，便怪不好意思地说："我二表哥甄保育。"

乃意便识趣地说："不如我一个人先回市区。"

岱宇侧着头说："这会子我也累了，乃意，明天学校见。"

乃意向她挥挥手，跳上甄家送客的房车。

关上车门，一抬头，乃意无意中看到甄宅二楼一扇窗口前站着个朦胧人影，她凝神注视，那人影亦趋近玻璃窗往楼下看，黄雀在后，被乃意看清楚她是林倚梅。

乃意内心咯一声。

林倚梅看的是甄保育与凌岱宇。

不用很聪明的人都知道这是个什么样的关系。

车子在此际已驶出私家路。

离远，乃意看到岱宇纤长身段白色衣袂，如锡住[1] 她的意中人，渐渐融失在暮色中。

他们没有给自身任何机会，天空那么宽，草原何等阔，都不再重要，一头栽进这层复杂尘网中，永不超生。

任乃意才不会这么笨，任乃意先要好好看清楚这个世界，任乃意要扬名立万……

任乃意一回到家，已经气馁。

小书桌上放着两份厚厚的信件，信封上是她自己的笔迹，一看就知道是退稿的回音。

通通打回头来。

编辑们算是周到，还替投稿人付出邮资。

失望的滋味有点苦，有点咸，绝大部分是虚空，乃意一跤

---

[1] 锡住：粤语，有看着、看住、关心、疼爱之意。

坐到地上，呆半晌，动弹不得。

应否继续尝试呢？

"当然要。"

乃意转过头去，意外地，只看见慧一人坐在床沿。

她问："你的淘伴呢，抑或这次我只需要智慧？"

"你看你，些微挫折，即时痛不欲生。"

乃意伸手摸自己面孔，真的激辣辣发烫，她赌气："你说我会成为一个作家。"

慧笑着点头："下一步就要慨叹怀才不遇了。"

乃意只得摊摊手："应该怎么办呢？"

"继续努力，直至有人采纳你的文稿。"

"什么？"乃意大吃一惊，"这有什么意思，这还不是同普通人一样：苦苦挣扎，直至成功？"

慧诧异地看着乃意："怎么，才写一两篇日记，就以为自己不是凡人？"

乃意不再同慧斗嘴，泄气地苦笑。

"别输了东道给弟弟才好。"

"呵，你都知道了。"

"对，谢谢你，乃意，岱宇自你处得益匪浅。"

乃意谦和地说："我什么都没做。"

"有，你已经做了她的好朋友。"

乃意沉吟半晌："继续尝试？"

"锲而不舍，坚持到底。"

乃意奋然自地上爬起来，拍拍身上的灰尘，拆开退稿，报馆退返那份还附着编辑短笺。

它这样说："任同学，你的稿犯上时下流行作品无病呻吟之弊，希望你用心向学，日后多读文学著作，观摩切磋，再做尝试。"

乃意惨叫一声，到这个时候，她才知道作品受到不公平待遇之痛苦。

还是乃忠聪明，将来读到博士，顺理成章入大学教书，十年八年后，迟早升到教授。

输了。

乃意倒在床上，捏住拳头，半晌，实在气不过，化悲愤为力量，起身找到电话簿黄页，抄下十来份妇女杂志的地址，预备再接再厉。

知难而退固然是一种美德，但十七岁的任乃意有的是时间精力。

任太太张望女儿："就要考毕业试，不要再做梦了。"

做梦做梦做梦。

成年人老是怪责孩子们梦想多多，不务实际，乃意不敢苟同，她的梦多姿多彩，人物活灵活现，乃意一生都不愿放弃。

没有梦……何等可怕。

稿件再一次寄出去。

到邮局去秤重量时乃意在心中暗暗呼嚷：本市本世纪文坛巨星的稿件快将寄抵贵社，敬请密切留意，失之交臂，遗憾终身。

然后忍不住捂着嘴笑出来。

乃意食言，她打开区维真送来的盒子，穿上小区赔给她的裙子，到甄家赴约。

岱宇极之周到，派车子来接她，可是到了甄府，却不见岱宇。

林倚梅是主角，看见乃意，满脸笑容地迎上来："欢迎欢迎，乃意你这袭裙子没话说，至衬你没有，今天人多，招呼不周，多多包涵。"

林倚梅真叫人舒服。

她打扮十分朴素，又不戴首饰，只觉端庄大方，自然动人。

乃意在园子里溜达一会儿，看见甄保育正泡在泳池里与一干朋友玩水球，甄佐森与李满智站在一排冬青树旁脸色铁青地不知商议什么。

其余的都是陌生年轻男女……慢着，那矮个子是谁，为何看着人笑，乃意定定神，把他认出来：脸颊上长疱疱，行动笨拙，这明明独一无二的瑰宝区维真，他怎么会在这里？

乃意按捺不住好奇，迎上去："维真，你是谁的客人？"

区维真喜出望外："我是甄保育的朋友。"又再加一句："家父同甄家有生意往来。"

"那么，岱宇呢？"

"凌岱宇听说病了。"

才怪，乃意不相信，哪里有这等凑巧之事，岱宇就是这点不好。

"我去叫她下来。"

小区在乃意背后说："裙子很衬你。"

乃意转身笑："林倚梅也这么说。"

小区顿时乐得飞飞的，话也说不出，只会发呆。

经过通报，乃意上楼去找岱宇。

推开门，只见岱宇散发，披着件袍子，边看电视上的动画片，边抽香烟。

见到乃意，懒洋洋地问："有的吃有的喝，一定玩得很高兴。"

乃意坐下来："尽损你的朋友，算哪一门子好汉。"

岱宇叹口气，按熄香烟，困在沙发里不语。

"换件衣裳下楼社交社交，来。"

"不去。"岱宇自鼻中哼出。

"你听过故作大方这四个字没有？"

"虚伪。"

"是礼貌，凌小姐，两者之间有很大距离，再说，人家猜你会使小性子，你何苦让人料中。"

岱宇沉默一会儿："依你说怎么办？"

"他们要挤你出局，我们偏偏下去参与。"

"你真是个狗头军师。"

"嘿！不知是谁咬了吕洞宾。"

"见到甄保育没有？"

"正打水球。"

说曹操，曹操就到，甄保育推门进来，朝乃意笑笑，露出雪白整齐的牙齿，活泼地问："凌女士的头痛好些没有？"

乃意自作主张："好了好了，你等她更衣吧。"

她识相地让他俩一处。

走出走廊，就听到一男一女的争执声。

男的是甄佐森："这件事你不帮我遮瞒大家都不得了。"

女的是李满智："我已经受够了，掀出来一拍两散。"

"你敢!"

"别小瞧我。"

乃意连忙在转角处停住脚步，免得一照脸双方尴尬，只听得一扇门打开，有人说："老太太请两位进来。"

奇是奇在甄佐森夫妇马上齐齐笑起来进房去了。

乃意呆了半晌，这里人人一箩筐面具做人，岱宇只得一副嘴脸，有什么办法不吃亏。

乃意重新回到园子，在自助餐桌上取食物，听得林倚梅告诉人客："岱宇不舒服，不参加我们。"

乃意诧异地指指倚梅身后："那不是岱宇吗，气色多好。"

倚梅回头一看，果然是保育陪着岱宇走过来，倚梅涵养再好，也忍不住变色，但是恢复得快，马上笑起来："岱宇这头痛的毛病，最最神怪，来去随意。"

说完凝视乃意，像是完全晓得是谁搞的鬼。

乃意吐吐舌头，急急走到另一角落去。

一抬头，看见区维真正百般无聊地把玩一只苹果，便向他招手。

可怜的小个子简直不相信今日会交好运，先往身后张望，肯定乃意是叫他，才飞快过来。

乃意问他："你同甄家很熟吧。"

"略知一二。"

"老太太是谁？"

小区诧异："你不知道？那便是岱宇的外祖母，这里由她掌权，岱宇的外公已经逝去。"

"甄佐森是个怎么样的人？"

小区笑笑，支吾以对："正当生意人，同家父一样，什么都入分子，最近市道淡，大抵无甚进账。"

乃意不由得对小区另眼相看，这样急于讨好她，却还不肯讲人家是非，可见宗旨有原则，这是很难得的一种操守，值得尊重。

会不会一直以来看轻了他：小区输在外貌，不知怎地，母亲把他生成这个怪模样，举手投足，不但笨拙，且添几分猥琐，不讨人喜欢。

少女没有智慧，比较爱美，肤浅亦在所不惜，乃意盯着小区凹凸的脸颊，半晌，仍然不能决定应否对他改观。

"你看不看好保育与岱宇这一对？"乃意问。

小区不敢笑，女孩子们闲谈，仿佛很难不说人非，他很中肯地答："据统计，求学时结识的朋友，很难持续到成年，乃意，希望我同你是例外。"

乃意很佩服他这种外交口吻："小区，有没有想过将来以什么为事业？"

"有，我早已决定考法律系。"

乃意肃然起敬，区大律师，失敬失敬，希望他届时已经治好皮肤，长高数厘米，同时，克服怕羞的本性。

小区如果可以成为出庭辩护的大律师，那么，为什么任乃意不能够做大作家。

她看他一眼，小区悠然自得、胜券在握的样子，乃意忍不住好笑。

"维真，我想先走，你不介意送我出去吧。"她知道他有驾驶执照。

小区大喜："没问题。"

偏偏这个时候，一名女佣恭敬地走过来问："是任乃意小姐吗，我们老太太请你说话。"

乃意吓一跳，自问没有打烂东西，又没同人吵嘴，怎么会蒙老太太宠召，不禁无助地看着小区。

小区乐了，嘿，这刁泼悍强精灵的女孩原来也会有犹疑的时刻，这是他表现风度的机会，连忙说："老太太很和蔼，尽管去，我在此地等你下来，别怕。"

乃意只得跟着用人上楼，世上原本没有免费午餐，乃意自嘲……明明是局外人，因贪吃贪喝，惹上这等是非。

到了楼上，自有容貌秀丽的女秘书迎出来把乃意引进内厢。

老太太已经坐在安乐椅上，她个子小小的，穿件与头发几乎同色的珠灰绸纱旗袍，一见乃意，马上笑着说："你必是岱宇口中乃意说这个，乃意说那个的军师任乃意了。"

乃意暗暗顿足，这岱宇，莫非想陷好友于不义，自己忙着扮纯洁小白兔，却被密友说成臭点子馊主意特多的巫婆。

乃意一张脸黑黑的，怪不好意思。

谁知老太太十分和气，笑着拍拍椅子："坐，坐，岱宇个性孤僻，恐怕只得你一个好友，你这样热心待她，我很高兴，你多带她出去逛逛。"

这样民主，实在难得。

这时候，有人推门进来，乃意一看，是李满智与林倚梅两表姐妹捧着点心上来侍奉甄老太。

乃意说两句客套话便站起来告辞。

老太太着倚梅送乃意出去。

倚梅一双眼睛漆黑铮亮，似洞悉一切世情，乃意不经意地问她在大学念哪一科。

倚梅笑答："我功课很普通，念的是会计。"

背后有人冷笑一声："所以最会打算盘。"还用问，这除了凌岱宇再没有别人。

乃意连忙看倚梅怎么回答，谁知她丝毫不以为意，笑笑说："会也无用，现在是电脑世界。"转身走开。

乃意叹气摇头："你为什么无故出口伤人？"

岱宇骂乃意："你到底是我的朋友还是她的朋友？"

"是你的老友就不能指出你的错处？对不起，我这里不设皇帝的新衣。"

岱宇这才噤声。

"你太不会做人了！"乃意痛心疾首。

"要怎么样做人才对，自己有家不归，跟着表姐住在甄宅，天天心怀鬼胎地陪我外婆消遣算会做人？"

"敬老是美德。"

凌岱宇又哼一声。

乃意忍不住问："谁教会你冷笑的？真可怕，好眉好貌的女孩子一天到晚自鼻子哼出来扮奸诈。"

岱宇为之气结："任乃意，我不再想同你做朋友。"

乃意也不高兴了，拂袖而去，女孩子的友谊一向脆弱。

走到楼下，她到处找区维真，不见人。

这时华灯初上，池边人越挤越多，热闹非凡，乃意不见小区，一直寻到门口去。

"怎么不多玩一会儿？"

乃意转过头来，看见甄佐森笑眯眯地站她面前。

乃意礼貌地答："家里有事。"

"那么我来送你出去。"

乃意急着想走，又找不到区维真，便上了甄佐森的房车，发誓以后都不再到这种山里山、弯里弯的华厦来，做朋友，还是竹门对竹门，木门对木门的好。

猛地抬头，看着甄佐森仍然看着她笑，他说："你仿佛在生气。"

乃意急急否认："没有，怎么会。"

他马上改口："想必是我多心，任乃意才不是这般小气人物。"

要到这个时候，乃意才会过意来，甄佐森这位风流中生在刻意制造接近及讨好她的机会。

触觉迟钝，太笨了。

乃意讲出地址，要求马上回家。

甄佐森是高手，自然知道女孩已经警惕起来，立刻不露痕迹地把她送回家门。

勉强没有意思。

这时乃意反而觉得自己小家子气，歉意地一笑，方才道别。

进屋刚好接到区维真的电话，乃意才不管他声音焦虑着急，兜头兜脑斥责他言而无信，正不罢休，任太太出来了，乃意才收声挂上电话。

任太太手上拿着厚厚的信件："这是什么，最近你老收这类信件。"

乃意一手取过："是调查问卷。"

"查什么，查户口？"

乃意已经躲进房去。

任太太摇摇头，想同青春期少年交流，难比登天。

那些厚厚的信件,又是退稿。

乃意换上便装,摊开功课,念念有词,为着应付毕业试,已经做好时间表,一星期才能耍乐一次,校方已批准上课半日好让学生温习。

沉闷内容,细小字体,乃意眼皮渐渐不听使唤,沉坠下来。

"小姐,这样下去你就不用升大学了。"

"啊。"乃意睁开眼来苦笑,"谁说过要把我送进大学。"

"为何同凌岱宇闹意见?"

乃意叹口气:"她这人,难服侍。"

"不然还用叫你帮忙?"

乃意转过身子来:"她这种个性仿佛不知在哪里听说过,最终会悲剧下场,噫,是谁呢,谁这样小气乖张眼睛里容不得一粒沙子?"

美与慧怕泄漏天机,连忙引开乃意注意:"对了,你的写作事业有何进展?"

"滞不向前,我已决定在试期后隆置大量古典现代文艺著作勤读以充实学问。"乃意呵呵笑。

美忽然自退稿中抽出一封信:"这是什么?"

咦,乃意接过,先头没看见这封信。

信封写着《明报》机构。

"你有没有投稿到上述报馆？"

忘了，乃意拿着信封，手微微颤抖，忽觉不值，仰起脸叹息一声，十画还没有一撇，已经这么辛苦，要做大作家，大约如造血汗长城。

"长嗟短叹干什么，看看是什么好消息。"

乃意哗一声撕开信封，连信肉一起扯出。

"啧啧啧，这算什么，粗心大意。"

"不拘小节。"一直到成名，乃意从来不用拆信刀。

"信里说什么？"

"任小姐，读过你的稿件，文风十分清新，惜白字同错字颇多，英语文法夹在中文中也有点别扭，试誊清修改，连同结局，再寄给我们。"

"瞧，皇天不负苦心人，有志者事竟成。"

乃意怪叫起来："他们并没有打算把我捧作明日之星。"

由此可知，各人准则不同，对任乃意来说，她百分百怀才不遇，但听听慧怎么讲："有机会尝试，已应满足，继续一次又一次努力，直至目的达到，怕受挫折，则永远不会向前。"

乃意苦笑："你不是想提醒我失败乃成功之母吧。"

"我们还以为你已经忘记这句格言。"

即使不记得这一句，还有天下无难事，只怕有心人，只要功夫深，铁杵磨成针……这些。

"世上可有不劳而获？"

美立刻摊摊手耸耸肩："我们亦加班加得不耐烦，何尝不希望坐享其成。"

慧说："我们同你做一单交易如何？"

乃意答："听听你的馊主意。"

"你负责把所有愁眉苦脸、伤春悲秋的女孩子带到乐观坚强的平原去，我们则帮你成为一流作家。"

乃意大奇："普度众生，有何秘诀？"

"答应我们，你将来用的题材要积极乐观。"

乃意并不笨，立刻摆手摇头："不不不不，这不是要我允诺一辈子写孙叔敖司马光的故事吗，我情愿做九流作者，自由发挥创作，你们找别人去传福音也罢。"

慧为之气结，对伙伴说："我们简直不是她的对手。"

美苦笑。

慧对乃意说："一流同九流之间分许多等级，你真的考虑仔细了？"

乃意斩钉截铁地说："我写的所有作品，都必须是我喜欢写、愿意写的故事。"

美讶异："乃意，你还没有开始哪，大作家的身份十画尚无一撇，大作家的脾气倒已经摆将开来，过不过分？"

乃意说得有理："宗旨要先摆定。"

慧不悦："我们又没有叫你诲淫诲盗。"

"那是另外一件事，创作不能听令他人，创作的精粹要有自由。"

"九流作家，祝你成功。"慧讽刺乃意。

乃意不在乎："好说好说。"

她恭送美与慧离去之后，便坐下写信给编辑，讲明考试在即，一切要待六月以后再说，接着忍不住，略略透露一点少女寂寞情怀，才收住了笔。

任太太推门进来说："弟弟写信来问你加紧温习没有。"

乃意顿生误会，小孩子得寸进尺，越俎代庖，还属情有可原，这母亲，一本正经帮他传话，还借小弟来教训长姐，简直不明事理。

当下她不声不响，埋头温习。

这样一个活泼磊落能说会道的女孩子，在家中却不发一言，迹近孤僻，日后她更发现一宗奇事：与广大读者沟通丝毫不成问题，并且是一项成功的事业，但与家人，她却始终未能做到最最简单的沟通。

上天一向公平，没有人可以得到全部。

痴情司 09

肆.

牺牲不起，设法补救，

牺牲得起，无谓难过。

考试那阵子乃意没睡好，又担心成绩不好，皮肤百病丛生，对着镜子，她发觉自己越来越像区维真。

她把小区请来教功课，只有在这样的生死关头，小区有权有威，可以肆意发言。

"这一科已来不及逐页温习，我给你五个题目，你背熟了碰碰运气吧。"

乃意百忙中不忘拖人落水："凌岱宇也疏于温习。"

小区瞪她一眼，冷冷说："人家怎么同，人家冰雪聪明，过目不忘。"

乃意低头无语，真的，谁像她，不但其笨如驴，倔强如牛，且懒惰如猪。

过一会儿她又咕哝："石少南成绩也不见得妙到哪里去。"

小区又说："人家头脑虽然简单，至少四肢发达，打好网球，也可以拿外国名校的奖学金。"

因为句句属实，乃意更加伤心。

晚上听见母亲同父亲说："当真各人修来各人福，眼看没希望，上天却遣差区维真来打救她，天天逼她背熟题目才走，都不知怎么报答人家才好。"

"她不是整天伏在书桌上吗？"任先生问。

"不是写功课。"

"写什么，情信？"有点担心。

"写小说。"

任先生大笑："什么，呵，文曲星下凡到任家来了。"

"人家女儿总与母亲同心合意有商有量共同进退，乃意却似有另外一个世界，在那里她才畅所欲言，自由自在。"

"你别多心，青春期的孩子多数难以了解。"

乃意不去睬他们，仍然努力修改旧稿，勤写新稿寄出。

七月份有两件大事发生。

乃意收到她平生第一束花。

幸亏那日父母均在外，她拆开小小精致卡片，看到署名是甄佐森，贺的是"考试成绩优异"。

乃意讶异莫名，立刻与凌岱宇冰释误会，把这件事告诉她，岱宇一听，惯例冷笑一声："可是紫色勿忘我衬满天星，用一张淡黄色薄纱包装得一派诚意款款模样？"

乃意愕然："你怎么知道？"

岱宇在那一头像是笑得打跌："甄佐森总共只那么三道板斧，你不是第一个收他花束的人了，下星期，他会送勿忘我配百合花，再过一个礼拜，轮到勿忘我夹白玫瑰，告诉你吧，城里时髦女早已给他一个绰号，叫勿忘我甄。"

乃意噤声。

"快把花扔到垃圾桶，千万别露声色，幸亏你把这件事告诉我，甄佐森居然向女学生动脑筋，欺侮小女孩，岂有此理。"

乃意见岱宇反应激烈，十分诧异："他是你表哥。"

"我知道，我若不是受害人之一，又有什么资格批判他。"岱宇又冷笑。

乃意不置信地问："你也收过甄佐森的勿忘我？"

"不然表嫂李满智女士也不会那么仇视我。"

乃意替岱宇抱不平："你又不是唯一收过勿忘我的人。"

岱宇叹口气："可是我最接近她，要出气，当然找我，那些明星歌星实在遥不可及。"

"那是什么时候的事？"

"我刚到甄府，他便有所表示。"岱宇叹息。

"哗，一网打尽。"

岱宇没好气："你说话鄙俗，即使投稿成功，充其量不过做小报的报尾巴作者。"

乃意丝毫不介意："你听你这口气多势利。"

"到底有无报馆接纳你的作品？"

乃意想走捷径："甄家有无从事文化事业？"

乃意到底不舍得把花扔到垃圾桶，花不语，花无罪，送花的人猥琐也不表示花有错。

她让它们留在瓶子里，花成了干花，她又把它们压在日记本子内。

日记本子里全是小说大纲，什么匪夷所思的故事都有：都会白领女子遇上某国王子，妙龄女郎遭天外来客飞行器重创后身怀异能，独身女子如何挣扎成才……

岱宇是乃意第一个读者，对这些大纲十分齿冷："可怕，无稽，谁要看？"她看淡。

"我一定会找到知音。"

"写些男孩约会女孩的故事算了。"

乃意笑："当然少不了这些天经地义的小说元素。"

就在那天，报馆通知任乃意，已采纳了少女日记，下个月开始刊登，并且希望她继续努力。

乃意松一口气，总算踏出第一步。

她想与一个人分享这件大事，拿起电话找凌岱宇，凌姑娘不在家，乃意发愕，不行，她等不及了，非要把这喜讯告诉朋友不可，她终于拨给区维真。

"好消息好消息。"她这样同那小子说。

"啊。"小区很高兴，"本校收你读第六班了。"

"小区，校园以外，还有世界。"

"乃意，只有书房才是乐土。"

"见仁见智耳。"

"你要说的是什么？"

已经扫了兴："没有事。"

"乃意我劝你回学校见一见校长，你成绩不算太差，是个边缘个案，求求情，预订学位比较安全。"

这么早就得钻营投机："我陪你去。"

那个下午炎热无比，乃意站在校长室外一棵影树底下遮阴，小区采一片紫荆叶给她："祝你聪明。"

乃意抗议:"我已经聪明。"

小区摸着鼻子笑了。

他脸上疱疱已痊愈一半,但人仍然没有长高。

校役传任乃意。

一见校长慈祥面孔,乃意便知有机会有希望。

校长很难拒绝原校生,她看着这班孩子由儿童发育成为少年,他们的个性、背景、成绩,她全了解,尤其是任乃意,圆鼓鼓的面孔此刻因天热涨得通红,一额汗,白衬衣贴身上,结结巴巴,不知如何开口求人才好。校长心肠软,挥挥手:"乃意,明年要好好用功,别让我失望。"

乃意感动到极点,真正的好人,不用来人开口,能做到的,已经承担,或许区维真讲得对,除了校园,别处再找不到如此好人。

眼睛红红地自校长室出来,看到小区焦急地迎上来,她还没开口,他已经说:"凌岱宇在那边,似有急事,她听任伯母说你在学校,便找了来。"

乃意一看,见岱宇一身白衣坐在紫荆树下,头靠着树干,正在抽烟。

听见脚步声抬起头来,岱宇双目红肿。

乃意蹲下问："谁欺侮你？"

岱宇不语，隔一会儿说："你为我出气？"

"不妨讲来听听，小区是正人君子，又同你家熟，三个臭皮匠，说不定凑成一个诸葛亮。"

岱宇啐道："你才臭呢。"

乃意扬手叫小区过来，小区向岱宇投去同情的一眼，像是早知道其中奥妙原委，只不过他对别人的事一向守口如瓶：永远待当事人先发言。

乃意说："我们去吃红豆刨冰，坐下从长计议。"

岱宇半晌不知如何开口，乃意想催她，老是被小区的目光制止。

岱宇终于开口，说的却是"红豆生南国，此物最相思"。

乃意一听，几乎把口中刨冰喷出来，这凌岱宇直情似上一世纪的人物，遇事不思对策，专门吟诗，有个鬼用。

小区看乃意一眼，怪她冒失。

岱宇抬起头："李满智要带着保育及倚梅到温哥华去。"

大家沉默，这分明是替这两个人制造机会。

乃意马上说："叫甄保育不要走。"

区维真这时插嘴："不行，名义上甄保育是替公司去接洽生意。"可见他很清楚这件事。

呵，李满智真厉害。

"那么，岱宇，你也跟着去。"

岱宇幽幽说："人家摆明嫌我碍事，我缠着人家有什么意思。"

小区还没有开口，乃意已经竖起拇指说："有志气。"

小区急道："岱宇不是这个意思。"

乃意求饶："岱宇，不要打哑谜好不好，谁是你肚子里的蛔虫？想要什么，要直截了当讲出来，免我们费猜疑。"

小区也说："岱宇，牺牲不起，设法补救，牺牲得起，无谓难过。"

"看你。"乃意说，"明明不能抛在脑后，又故作大方，苦了自己，真正愚不可及。"

岱宇忽然落下泪来："乃意，我只得你一个朋友，偏偏你老骂我。"

乃意顿足："不是你朋友，骂你作甚，由得你沉沦。"

事情似不可收拾，幸亏小区不是英伟小生，否则只怕人误会两女为他争风。

小区连忙打圆场："岱宇的意思是，有人应该看出她的心意，替她做主，名正言顺一起赴温哥华。"

轮到乃意冷笑："天下有这种称心如意的妙事？或有之，余未之见也，小姐，凡事要努力争取，失败再试，世事无现成，你趁早死了这条心，免得日后失望。"

岱宇见小区颔首同意，可见乃意说的是金玉良言。

她憔悴下来。

乃意问小区："人家林倚梅又用什么名义跟到欧洲去，我们参考参考。"

"倚梅自上月起已是甄氏机构的会计人员。"

哎呀呀，都安排好了。

小区说："岱宇要去，只得私人掏腰包旅游，途中他们一定冷落她，也没有意思。"

"甄保育又扮演什么角色？"乃意忍不住问，"他没有主张，任人摆布，爱恶不分？这样的人要来干什么，简直不及格。"

座中已无人发言。

乃意气馁："散会。"

这时小区忽然问："岱宇，你的经济是否独立？"

岱宇有气无力地说："我不理这些事，一向交给韦玉华律师托管。"

乃意看小区一眼:"我与岱宇散散步。"

她有话同好友说。

一路向海堤走去。

"岱宇,照我看,甄佐森同甄保育两兄弟,并非杰出人物。"

岱宇冰雪聪明,当然明白好友的弦外之音。

"理想中男伴应当坚强有为,思路分明,愿意爱护照顾支持伴侣,你说是不是?"

岱宇低着头。

"岱宇,我了解你的背景,你出身太好,又在垦洲长大,南洋环境单纯,你难免失于天真,我觉得此际你应放开怀抱,享受青春。"

凌岱宇没有反应,乃意知道说了等于白说。

乃意与小区只得送她上车。

小区看着远去的车子摇摇头:"甄家这三个人,活脱脱似一个故事的翻版。"

"什么故事?"乃意好奇。

"乃意,你应该多看一点书。"小区白她一眼。

咄,不说拉倒,又做年轻导师状。

第二天,他们三人约齐了直赴韦玉华律师楼。

凌岱宇仍然非常被动。

接见他们的却是一个叫韦文志的年轻人,他一亮相,乃意便心中喝一声彩,这才是人物,外形如玉树临风,态度谦和,又具专业知识,这一号男生,才值得女孩子倾心,甄佐森同甄保育算是什么。

只听得韦文志笑说:"家父已经半退休,本行事务大半已交我办理,不知三位有何贵干。"

真没想到小区说话亦这么有技巧,他严肃地代表岱宇发言:"凌小姐想了解她的财政条款。"

韦文志立刻传秘书交资料上来。

半晌文件递上,韦文志查看之后,对岱宇说:"阁下在二十一岁前随时可以动用的现金达到……"他把数字讲出来。

不但乃意愣住,连小区的身子都往前探一探,只有凌岱宇无动于衷。

乃意说:"岱宇,你从来没对我说过你是富女。"

岱宇却苦涩地回答:"金钱并非万能。"

韦文志律师立刻加一句:"可以做的也已经很多。"

乃意马上不忌讳地说:"让我们陪你到温哥华去一趟,三对三,不一定输。"

岱宇抬起眼，脸上似渐渐恢复神采。

小区却说："这不大好吧，人家会怎么说。"

乃意撇撇嘴："我才不撇清，旅费对岱宇来说，好比九牛一毛，就让她请我们走这一趟好了，我这就去订飞机票及酒店，小区，烦你去打听他们坐哪一班飞机。"

小区满头汗反对："你别怂恿岱宇在我们身上花钱。"

凌岱宇这时勇敢主动地开口："这是我的主意，与乃意无关，暑假闲得慌，又没有其他事可做，我愿意请你们做伴去观光旅行。"

乃意扬扬眉毛："听到没有，别又说我教唆岱宇。"

韦文志律师一直维持着礼貌的笑容，半晌问："没我的事了吧。"

大家站起来道谢。

韦律师一离开会客室，乃意便说："岱宇，这个韦文志，才是有潜质的伴侣。"

区维真大不以为然，板着脸说："乃意，今天你已经说够话了。"

乃意不去理他："岱宇，你这样有钱，为什么不自置公寓搬出来住？"

"任乃意！"区维真喝止她。

乃意看着小区："我说错了什么？"

区维真愣住。

真的，乃意说错什么呢，凌岱宇在外婆家过得并不如意，她完全没有必要寄人篱下，去看别人的眉头眼额，搬开住是一个上佳办法。

岱宇不出声。

"我知道。"乃意点点头，"你要近着一个人。"

区维真亦不语，会客室里只得任乃意的声音："岱宇，作为这么一大笔遗产的承继人，你要当心，你那两个表兄不是省油的灯。"

岱宇握紧好友的手。

稍后岱宇先走，小区便抱怨乃意："你多管闲事。"

"是。"乃意承认，"我看到了，便无法佯装大方，我关心她，怕她吃亏，老友快要跌落山坑，我们还坚持做君子，不管闲事？我情愿做小人。"

"你当心两边不讨好。"小区警告她，"凌岱宇未必感激你。"

乃意看着小区："我也未必感激你呀，你又何故提点我？可见你也真诚为我好。"

小区一听这话，先是涨红面孔，随后脖子也通红，他在心中同自己说：不要太笨，这是难能可贵的好机会，凌岱宇去陪甄保育，任乃意又去陪凌岱宇，那么，就当他区维真去陪任乃意好了。

他马上当机立断："我自己付得起旅费。"

"你真婆妈，岱宇不会在乎的。"

小区笑笑："我们的不拘小节，在人家眼中，也许会变成烂塌塌。"

乃意没好气，人家的眼睛又没陪她哭泣欢笑，一双双陌生冷淡的眼睛，有何值得重视之处。

小区问："任伯母会让你远行？"

乃意只是微笑，在家中，她不是重要角色，大人不注意她的去向，寂寞，当然。可是她也得到无限自由，没有人逼着她守规矩，也没有谁认为她会成才，她可以随意发挥。

随便编一个借口，便可顺利过关。

下个月，阿姨会陪乃忠一起回来省亲，父母正为那个忙得不可开交。

那天晚上，她又回到白色的大厦去。

美与慧很烦恼地皱着眉头。

乃意问心无愧，坦然无惧，仰看那道乳白色光柱，她一直觉得它便是日月精华，受过这道光的沐浴，特别心平气和，精神奕奕。

"乃意。"美终于开口抱怨，"你太过分了。"

"喂，叫我帮助她，原是你俩的主意。"

"我们没有叫你翻天覆地，改变历史。"美抗议。

"你们懂不懂管理科学，事情交给我便是交给我，处处钳制，如何办事？"

慧不恼反笑："乃意，你太胆大妄为，居然挑唆凌岱宇搬出来住。"

乃意大奇："许多独身女子一有能力便自置居所，有何不可。"

美抢着说："离开甄宅，她还是凌岱宇吗？"

慧用眼色制止美，咳嗽一声："乃意，我们怕她会有身份危机。"

乃意莫名其妙："独居也并非不是淑女。"

美说："乃意，任务仍是你的任务，切勿操之过急。"

乃意答："你们没有看见她的眼泪，当然那么说。"

她真不懂，像凌岱宇那种先天优越、得天独厚的女孩，为何要把自己困在愁城中。

只听得慧长叹一声:"死马当活马医,随乃意去吧。"

过一会儿,美也说:"事情不可能比现在更坏。"

慧又说:"经过那么些年,用过那么多人,都失败了,或许乃意会成功,乃意没有压力。"

"乃意与她年龄相仿,知道她要什么。"

声音渐渐退去,乃意回到自己的小房间来。

十万分火急找任乃意的,是甄佐森。

见到他,乃意忽而想起他的绰号叫勿忘我甄,不禁笑出声来。

甄佐森最欣赏任乃意纯真甜美的笑容,别冤枉他,这次他一点猥琐的意思都没有,中年俗气男子,也有权欣赏阳光空气式清新,不能说他不懂,不配。

甄佐森想到有任务在身,定下神来,才说:"乃意,老太太托我来调查这件事的真相……"

到底年轻,乃意忍不住拆穿他:"不是老太太,是你太太差你来做包打听。"

一言中的,甄佐森尴尬得很。

乃意看着他微笑:"她想知道什么?"

甄佐森觉得可以畅所欲言,对这种气氛十分陶醉,因此说："我们怕你把岱宇带坏。"

乃意仍然笑眯眯："坏了，便不听你们摆布。"

甄佐森答："你太低估岱宇，她并不是好相与的人。"

岱宇小事聪明，大事糊涂，最易受人利用，这个乃意说不出口。

"这些日子来她吃的用的统属甄家，你别以为我们占了她什么便宜。"

乃意笑答："养兵千日，用在一朝。"

"她凌家富裕，我们甄家何尝不是，就算李满智及林倚梅这一对表姐妹，也堪称千金小姐，我们这一伙人，谁也不会利用谁。"

乃意呵一声："那一定是我狗眼看人低了。"

甄佐森啼笑皆非，过一会儿他轻轻说："我知道你想帮凌岱宇。"

乃意不出声。

"事情早已安排好。"他无意中泄漏了秘密，"连老太太都赞成保育同倚梅这一对。"

乃意永不服输的脾气又一次使将出来："你们喜欢谁都不管用，且看甄保育的意思。"

轮到甄佐森笑："那你太不了解甄保育的处境。"

"请多多指教。"

"甄保育没有独立能力，他一生未曾做过一天工。"

乃意心一沉，果然是难兄难弟，她没猜错。

甄佐森声音低下去，像是感怀身世，夫子自道："屋子还是老祖母产业，车子用公司名义登记，零用向基金律师支取，吃的是大锅饭，他一生没有做出过任何抉择，一切已经替他安排好，他若越轨，后果堪虞。"

"老祖母不见得寿比彭祖。"

到底是小女孩，不懂事："遗嘱上的条款更能绑死人。"

"他可以离家出走。"乃意赌气。

甄佐森露出雪白牙齿笑："走到哪里去，你家会不会收容这样一个人？"笑完神情落寞，像是想到他自己命运。

"岱宇会照顾他。"乃意声音转弱。

甄佐森再次哄然大笑："如果一生注定要求人，求祖母好过求妻子。"

乃意噤声，没想到甄佐森自有道理，想深了真是悲哀，世上原来没有无条件的爱，这样钟爱他们两兄弟，还是要他们兄弟俩听话做傀儡。

甄佐森点着一支烟吸起来，样子有点落魄，反而减去平日那分不受欢迎的轻佻。他不是坏人。

乃意相信自己目光，做坏人还真需要一点本事。

她已比较同情甄佐森，语气温和些："劳烦你同李满智女士讲一声，我们决定陪着岱宇旅行散心。"

"不会有结果的。"

"不试过又怎么晓得？"

甄佐森凝视任乃意："年轻真好，原始精力无穷，使你们勇于挑战。"

乃意微笑："不是意志力控制一切吗？"

甄佐森摇摇头："是活生生的力气，记住我这句话，到了中年，你自然明白。"

在乃意的想象中，中年一如美好黄金秋季，五谷成熟，万物丰收，辛劳的春耕已过，夏日炎暑远离，这时候，要什么有什么，爱怎么样就怎么样，经验加智慧，无往而不利，理当是生命的全盛时期，不应有恨，何事唏嘘？

她不介意做一个胸有成竹的中年人，总胜过苦苦挣扎做前途茫茫手足无措的少年人。

可能甄佐森的想法不一样，也许他的童年太完美。

"也好。"甄佐森似站到他们这一边来,"也许你们会有意想不到的收获。"

乃意心一动:"怎么,你也去?"

甄佐森苦笑:"贤妻李满智似防贼般防我,她才不肯丢下我一个人在本市逍遥。"

乃意实在按捺不住好奇:"能否告诉我,甄先生,你为何惧内?"

甄佐森一怔,苦笑连连,仿佛想开口倾诉,却又再苦笑起来,如此这般,三番五次,作不得声,终于哑口无言。

十多年夫妻,无数纠葛,千丝万缕的关系,都还不算,事实上他根本离不了她,每次亏空,都由妻子搬出娘家有力人士把数目填回去,他应当感激她,不知怎地,却越来越恨她,她每付出十块钱,势必取回他价值一百元的自尊,然后仍然以他的恩人自居,又诸般恫吓,声声要在祖母跟前拆穿他,好让老太太在遗嘱上剔除他的名字。

越恨越深,于是越欠越多,反正自尊地位已荡然无存,不妨变本加厉,索性豁出去,做得加倍棘手,叫她为难,也就报了仇。

怎么同这小女孩说?她的世界黑是黑,白是白,说出来,徒蒙耻笑。

　　只听得这女孩又问："你们当初是怎么结的婚，你们可曾深爱过？"

　　甄佐森并没有生气，他呀一声："不要再问下去，太残忍了。"

　　乃意怪同情他，世人许误解了这名二世祖，至少他还有一个可取之处：乃意不觉他不可一世，自命不凡，趾高气扬。

　　他同甄保育一样，本质尚属不错。

　　"甄先生，我们在温哥华见。"

　　去取飞机票的时候，乃意碰见一个人。

　　那个人，本来不想同乃意打招呼，班上女同学那么多，任乃意不论外貌资质，在他眼中都属中等，他喜欢高大硕健白皮肤鬈长发风情万种的性感女郎，任乃意虽然活泼俏皮，却不符合他的条件，萍水相逢，他想侧膊而过。

　　双眼无意中一瞥，却看到她手中拿的是头等舱的飞机票。

　　他一怔，对她刮目相看，稍一迟疑，被乃意认了出来："石少南。"

　　石少南笑一笑："真巧。"在她身边坐下来。

　　乃意问："你不在本校升学？考完试就没见过你。"石少南扬一扬眉毛，踌躇志满地说："我不想浪费时间。"

乃意一听，顿觉逆耳，如此狂妄嚣张，为着却是该等小事，多么划不来，于是把适才偶遇的欢喜收敛大半。

石少南写一个地址给乃意："有空打电话给我。"完全拜头等舱机票所赐。

乃意点点头。

石少南架上墨镜潇洒地离去。

乃意拿着两张头等舱机票与一张经济位机票离去。

区维真坚持自己付款，由他一人坐后边好了，抵达那边，她们住大酒店，他已订妥青年会。

凌岱宇十分欣赏小区，她看着乃意说："维真这人有宗旨有志气，极是难得。"

乃意老实不客气指摘她："有空管管自己的事，做人莫如丈八灯台，照得见别人，照不见自己。"

有什么道理拉拢区维真，难道任乃意只配得起区维真？

当下岱宇努努嘴："是我活该，吃自己的饭，倒替人家赶獐子。"

乃意一听，乐了："竟有这种典故，何处学来？"

当时她们坐在甄宅的花园里，才嬉笑，迎面走来林倚梅。

岱宇转侧面孔，微微冷笑，乃意一则是客，二则对倚梅没有偏见，便招呼一声。

倚梅一贯和气地笑问："岱宇，上次送你的衬衫可喜欢？"

岱宇答："我从来不穿塑胶纽扣的衣裳。"

倚梅点点头："呵，对，你说过，我忘了。"

岱宇说："我去取来还你。"

待她走开，乃意奇问："纽扣不都是一样吗？"

倚梅笑："有些是贝壳做的。"

乃意一怔，疙瘩到这种地步，匪夷所思，有什么必要？真要跟好友说一说。

当下倚梅说："岱宇运气好，有你这样的益友。"

乃意愿意多多了解倚梅，知彼知己，百战百胜。

"岱宇不久前一连丧失好几位至亲，精神上很吃了一点苦，故性情内向。"

就算不是真大方，就算只是故作大方，也已经难能可贵，不用同别人比，凌岱宇已经做不到。

倚梅又笑："这次旅行一定热闹。"

乃意点点头。

岱宇还没有下来，李满智出来找表妹，一见乃意，脸色一沉，乃意并不粗心，立刻看出端倪，知道自己不受欢迎，这次到甄宅做客，实属大意。

果然，只听得李满智咕哝："这园子里蚂蚁瓢虫越来越多。"正式开仗。

反而林倚梅笑着打圆场："表姐又嫌我了。"

用目光向乃意致歉。

乃意笑笑，假装不知不觉。

说到气度，表妹胜表姐多多。

一言提醒乃意，也该告辞了。

她来不及向岱宇告别，便出门叫车子。

甄府司机一见她便过来说："老太太说送任小姐一程。"

乃意正迟疑，老太太已在车上伸手招她。

乃意只得上车。

车厢宽大豪华，前后座用玻璃隔开挡声，老太太看着乃意微微笑。

姜是老的辣。

老太太开口："你觉得倚梅怎么样？"

"极大方，很可爱，容易相处。"

"是。"老太太由衷赞成，"这孩子令人舒服，但是有点城府。"

乃意答："世事古难全。"

"岱宇呢，你又怎么看？"

"率真的完美主义者。"

"没有缺点吗？"老太太笑。

哪里难得倒任乃意："好友眼里出西施。"

"你自己呢？"

"我？"乃意笑出来，"每个人看自己，都是瑰宝，无须商榷，我岂会例外。"

老太太乐了，平常年轻人就算能说会道，到了她眼前，也变得拘谨起来，没想到任乃意天真烂漫，童言无忌，老太太慨叹："不知多久没听到过真话。"

乃意笑笑。

老太太问："你认为谁更适合我们家保育？"

乃意不假思索："甄保育喜欢的人最适合甄保育。"

老太太不悦："他哪里有主张。"

不是每一个人都受得了真话。

乃意发觉车子尽在兜圈子，恐怕要等老太太把话说完，她才能够顺利回家。

真厉害，老太君一则掌权，二则年事已高，便自觉地位超凡，她怎么样说，人家就得怎么样做。

在甄府，自然没有人敢逆她的意。

奇是奇在一大帮年轻人心甘情愿把生命交在她手上任她编排，如今已没有吃人的礼教，外头明明那么自由，为什么不任意飞翔，看样子，还是为着老太太掌握的财富。

乃意微微笑，她才不肯为几个子儿铜钱牺牲一切，闯江湖，拼小命，是酸甜苦辣齐全的人生必经阶段，她愿意接受这个洗礼。

车子在路上免不了微微颤动，老太太觉得任乃意嘴角一丝笑容闪烁不住，这小女孩脸上有一股倔强慑人的晶光，使老人警惕，奇怪，她不怕她。

她再提到这一点："岱宇很听你的话。"

乃意笑答："她比较喜欢同我商量。"

老太太又说："我并不反对你们一道旅行。"

乃意纳罕，反对也无效呀，可是仍然欠欠身，礼貌地说："谢谢你。"

终于，甄老太太问她："你不觉得我可怕？"语气有点自负。

乃意讶然："老太太算得合情合理了。"

"可是……"老人感喟，"他们都畏惧我，有话也不同我说，什么都不告诉我。"

老太太不会不知道因由吧，乃意笑笑说："那是因为他们要在你手下讨生活。"

老太太像是刚刚才明白其中玄妙的奥秘，浑身一震，凝视乃意。

乃意坦然说："而我，我又不要你的钱，我怕什么。"无求于人，志气自高。

乃意完全不明白老太太何以神情震撼，当然，她是他们的生命之源，但是，有几个老人受到尊重敬畏是因为他们赋予子孙生命，甄老太如许精明权威，难道一直迷信自己？

乃意是初生之犊，不禁露出一丝讪笑。

她同老太太说："我赶时间，真的要回家了。"不再继续买账。

甄老太用手敲敲座位前的玻璃，车子才向市区驶去，一路上她没有再发言。

直到乃意要下车的时候，老太太才说："室内室外的温度，原来相差那么远。"

乃意怪惋惜地答："山中方一日，世上已千年。"

甄府堪称烂柯山。

痴情司 09

伍·

外形上他俩真是一对，气质也相近，两人都对俗务一点兴趣也无；小两口至好日日手牵手，肩并肩，从开始走到尽头。

一上飞机，乃意就知道这次旅行会是她一生中最愉快的经验之一。

净是头等舱内风光，已经引人入胜，甄佐森李满智夫妇面黑黑贴门神似的不发一言各自抓一本书阅读，甄保育被安排在林倚梅身边，眼睛却不住看着任乃意隔壁的凌岱宇，又向乃意使眼色。

一解除安全带，乃意便走过去同甄保育说："我想同倚梅说几句话。"

李满智连忙道："那敢情好，我正有话同保育说，佐森，你去陪岱宇，我同保育坐，任小姐你尽管与倚梅讲个够。"

说着已经将丈夫推起来，一时间众人似幼儿玩音乐椅般扰攘一番，岱宇仍然未能与保育同坐。

乃意枉作小人，只能讪讪地坐倚梅身边。

倚梅看着乃意笑。

乃意感动了，由衷地说："倚梅，你恁地好涵养，竟不恼我。"

倚梅莞尔："怎么会，谁不指望有你这样的朋友。"

乃意更加不好意思："真是大人有大量。"

谁知李满智的声音懒洋洋自身后传来："这可是在说我，不敢不敢。"

乃意不由得笑起来。

倚梅也笑道："千万不要同我表姐赌心眼，她这人生性歹毒，不饶人。"

乃意心忖，都不是不可爱的人哪，她们之中最不能说笑、最没有幽默感的反而是好友岱宇，岱宇至大的缺点是只准她挖苦人，不让人取笑她，这样玩不起，怎么会受欢迎。

乃意看岱宇一眼，她正在落落寡合地抽闷烟。

明敏过人的林倚梅像是知道乃意在想什么，轻轻说："我也希望有什么可以说什么，忠于自己，哪管得罪了谁，多痛快，很多时候都羡慕岱宇。"

"尽管说好了，不要委屈自己。"

"性格使然。"倚梅笑，"况且，比你们大几岁，总要有个样子。"

"倚梅，你自有学养。"乃意佩服。

这时候，甄佐森过来说："我来与倚梅聊聊天。"

乃意只得回去陪岱宇。

岱宇按熄香烟，看着乃意："奸计无效？"笑。

那笑容如许妩媚，长发又遮住一边眼角，显得有三分俏皮，再加丝丝倦慵，便成十分动人。

乃意不禁看得呆了，凌岱宇凌岱宇，你若不是外形标致，性格如许琐碎讨厌，早已被人打死。

当下她抱怨："甄保育先生动也不动。"

岱宇沉默，靠在椅垫上假寐。

"我们这些龙套心急慌忙地跑来跑去有个鬼用，你说是不是？"

"别说了。"

"我到后边去看看小区，座位空出来，只盼他把握机会。"

乃意一径往经济客位走去。

老远就看见区维真乐滋滋地帮一位年轻母亲抱起婴儿更换衣服。

小区有许多隐蔽的美德，有待慢慢发掘，每一次乃意发现又一个好处的时候，意外惊喜之情，也就似在黑丝绒天幕上多发现一颗明亮的星星。

她默默走过去坐在他身边空位上。

小区转过头来："咦，探班呀。"

乃意看着他的脸，这小子长的疱疱仿佛不那么碍眼，一定是擦了好药的缘故，否则还有什么其他原因？

她抱怨道："你那朋友甄保育真懦弱，有你一半志气就好了。"

半响，区维真才知道这是称赞他呢，就此呆住，作不得声，直到幼婴踢动胖胖的小腿哭泣，他才自七重天、兜率官里沓沓下来，定定神，咦，身在何处，怎么手里会有宝宝？吓一大跳。

身边的乃意一点也不晓得小区在青云堆里兜了一个大圈子，犹自说："我不了解甄保育，也不要去了解这种人，最令人生气的是，凌岱宇与林倚梅两个出色女孩，竟会同时对他有兴趣，可见生女无前途。"

小区把孩子还给少妇。

他闲闲地说："是姻缘棒打不回。"

乃意嗤一声笑："谁教你说这样子的古话？"

小区搔搔头皮，不知自何处听来，一用就用上了。

"我去瞧瞧他们。"

再看时，只见甄保育已经坐在岱宇旁边，乃意称心颔首，多管闲事也自有乐趣。

那边，倚梅同她表姐正喁喁细语，而甄佐森已在呼噜呼噜。

乃意回到小区身边，亦累极入睡。

梦中没有见到痴情司，有几个歹徒用黑布袋装着她拳打脚踢，还要设法把她塞进一只小小面积的箱子里去。

乃意惊极而叫，伸长双腿，睁开眼来，邻座少妇向她笑："你的男朋友真好，到后边寻空位去了，好让你躺得舒服点。"

乃意不语。

挨过十二个时辰，下得飞机来，甄佐森与甄保育兄弟俩那公子哥儿本色毕露，袖手旁观，事不关己，凌岱宇早已倦累不堪，只能靠在一角，只得倚梅帮乃意照管行李。

幸亏小区随后赶来，嘭嘭嘭把行李堆在推车上，这时各人才来认领箱子。

过了关，幸亏有甄氏的生意合伙人前来迎接，否则真难为煞小区。

乃意暗暗代小区抱不平，抬头只见倚梅气定神闲对牢她笑呢。

岱宇嚷着回酒店休息，自动弃权，不与保育同车。

倒是倚梅，把电话号码塞给乃意："找我，一起吃日本菜。"

她表姐拉着她一阵风似的上了车。

岱宇叫乃意光火，一般是千金小姐，人家林倚梅事事有分寸，样样自己来，岱宇却要人服侍，最最最细节如填一张表格都不耐烦应付，天下没有免费午餐，此刻乃意晓得了，她拖着岱宇的行李一起上楼的时候，知道这次不扣不折做了贴身侍婢。

一见床，岱宇便躺下，太息一声："可到了家了。"

乃意连忙淋热水浴，一边同女友说："旅馆不是家。"

岱宇打个哈欠，翻一个身："我们却是生命旅客。"

再出来时，发觉岱宇已经和衣熟睡，乃意知道这断非因为舟车劳顿，八成是因为甄保育在她身畔说了什么动听的好话，使她精神松弛，安然入梦。

乃意留下一张字条，溜下楼去。

真是无巧不成书，电梯在十六楼叮一声停下，进来的人，是石少南，乃意马上笑了，背脊靠住电梯壁。

石少南扬一扬浓眉，穿运动装的他越发显得高大英俊，他俯首对乃意说："我陪叔父来打高尔夫。"

升降机速度太快，一下子到了楼下，乃意连忙把锁匙门牌给他看。

石少南说："今天晚上八点，北京饭店见。"

说罢按着高尔夫球袋离去。

乃意在大堂站半晌，十分犹豫矛盾踌躇。

独自在酒店附近兜个圈子，算是初步观光，在角落士多[1]买了两盘罕见的吊钟扶桑，捧着回房，岱宇正对着电话喁喁细语，长而鬈的头发一半披枕头上，另一半遮住面孔，脸上陶醉得几乎凄苦，乃意摇摇头，这样叫爱？还是不爱的好。

岱宇总算挂了线，声音腻腻："今晚八点，北京饭店。"停一停："叫区维真一起来。"

"不。"乃意说，"不能叫他。"

"怎么可以甩掉可爱的小区！"岱宇反对。

乃意并没打算瞒住岱宇："我碰见了石少南。"

"那个人……"岱宇不置信，"你还记得他？一身肉，没

---

[1] 士多：英文 store 的谐音，即商店、店铺，多为小杂货店。

脑袋，又喜做大情人，这人能同小区比，那么，萤火好比月亮了。"

乃意讽刺她："可怜见的，你总算开了眼了，待会儿把甄保育也看看清楚。"

凌岱宇沉下脸，这甄保育真是她的练门，一碰即死，她说："胖子不是一口吃的，人家已经在学做生意，老太太信他比信甄佐森多。"

乃意的心一动，所以李满智不甘心家当落小叔手里，这才扯上表妹……太像言情小说的发展了，不可靠。

这时岱宇又掩着鼻子说："什么花，异香异气，扔出去扔出去。"

连任乃意都发誓，没见过这样讨厌的女子，况且，她够胆自作主张，把区维真约了出来。

一张桌子坐了七个人，除出乃意，人人都赞菜好。

石少南根本没把区维真放在眼内，一手把他挤开，忙着向众人敬酒，小区落落大方，一声不响，只管吃饭，乃意看不过眼，偷偷把鸡腿夹在维真碗里。

与乃意同病相怜的有甄保育，他坐在两女之间，难为左右袒，也只得埋头苦吃。

甄佐森与石少南聊上了，两人正研究饭后有什么消遣，又抱怨小城统共没夜生活。

甄佐森跟着爱妻住在她娘家的大屋里，动弹不得，第二天一早，还要去开会讨论采购哪一区的地皮。

岱宇哪有兴趣，疲态毕露，一只手托着下巴，嫌龙井茶黄肿烂熟，没有香味。

乃意则自觉焦头烂额，苦不堪言。

没有不散的筵席，石少南认为值得送乃意一程，她现在已非吴下阿蒙，也许借她可以结识一些高档次的朋友如甄佐森之类，不容轻视。

谁知他还没开口，已经被岱宇挡了回去："小区，你送我们俩。"

不知怎地，乃意没有反抗，低着头听话地上车，在途中她居然还对小区致歉："对不起，是我冒失了。"

小区回答得再幽默没有："乃意，你一向如此。"

岱宇忍不住噗一声笑出来，是次旅行肯定对她有益。

这个凌岱宇，接着吟起一首谐词来："有个尖新底，说的话，非名即利，说得口干，罪过，你且不罪，俺略起，去洗耳。"

小区微微笑：他国文底子好，当然听得懂，乃意也不笨，知道讽刺的是石少南。

一宿无话，第二天，男人们开会，女生们逛街。

中午，甄保育不知怎地溜出来陪岱宇，乃意识趣，要退避，岱宇不许，于是他俩手拉手走前边，乃意故意堕后。

距离远一点，态度比较客观，外形上他俩真是一对，气质也相近，两人都对俗务一点兴趣也无，小两口至好日日手牵手，肩并肩，从开始走到尽头。

路过大公司，乃意驻足看橱窗内的一件鲜红色长大衣。

岱宇说："保育也最喜欢红色，可是红色不易穿。"

保育答："很适合乃意，她性格同大红一样鲜明。"

乃意看看标价，笑而不语。

走到一半，岱宇向保育使个眼色，保育便推说要接电话，才走开，岱宇替他收着的寰宇通便响个不停，乃意正不知他搞什么，保育已经捧着大衣盒子笑着跑过来，一手塞在乃意怀中。"生日快乐。"他说。

乃意只得笑，咕哝着无功不受禄，岱宇搂着她猛说："有功有功有功。"

手提电话仍在响，岱宇取过收听，骤然变脸："倚梅姐姐太心急了，他吃完午饭自然就回来了，那么大一个人，不会失散。"态度恶劣。

乃意只得摇头。

保育连忙接过电话,半晌,凝神道:"我马上来。"

岱宇以询问的眼光看着他,保育像是碰到一桩奇事,过一会儿才说:"我们要的那块商用地皮,杀出程咬金,被人抢购,那人,是我们的朋友,同乃意最熟。"

乃意睁大眼,她能有什么朋友?心一动:"可是石少南?"

甄保育笑:"不是,是区维真。"

乃意嚷起来:"什么!"

甄保育对生意上的得失看得再淡没有,一点也不动气,只说:"看不出小区有这等能耐,他代表他父亲的建筑公司竞投,据说不知多神气。"

岱宇也笑着颔首:"我的眼光实在不差。"

乃意不可置信:"他有这样的家底?"张大嘴。

甄保育笑:"区氏是殷实商家,底子厚,作风稳,几乎百发百中,乃意,你竟对朋友的底细一无所知?"

岱宇看一看乃意:"任乃意不在乎人家的钱。"

甄保育唏嘘:"你们真幸福。"

乃意犹自说:"可是……可是……"他为什么不开红色跑

车来接她，为何连整齐点的西装都不置一套，而且，除出功课，不提旁事?

甄保育替乃意解答疑问："他们广东人，实事求是，不爱风头，不出绰头，作风一向朴实，对于区氏，行家有口皆碑。"

岱宇真心替好友高兴，拍手道："又对乃意一片痴心。"

甄保育拍拍乃意肩膀："好好珍惜这个人。"

乃意都不知道说什么才好。

甄保育赶去归队商量大计，乃意与岱宇回酒店。

房间摆着一束拳头大的雪白玫瑰花，乃意知道是甄保育所为，岱宇过去迎花深深一嗅，顺手打开卡片，笑着转过头来："又一意外，这是区维真送你的。"

乃意不语，疯了，统共不合他们区家风格，可能会遭家长杯葛。

岱宇又笑："他在楼下咖啡座等你。"

乃意连忙下楼去。

区维真看到乃意便站起来，说也奇怪，小区身量仿佛已长高不少，乃意暗怪自己势利。

她抱怨他："甄家会怎么想呢，亏你同甄保育还是朋友。"

小区诧异："公归公，私归私，不然的话，全市生意人都不必同台吃饭了。"

"你还住青年会？"

他笑："没有抵触吧，家父明天到，我可能没空陪你。"

"我最会自得其乐。"

小区看着她："我至欣赏你这一点：只要有半丝高兴，你便懂得将之发扬光大，浸淫其中，乐不可支，你是快乐天使。"

是吗，乃意笑眯眯地看着小区，可是此刻她却担任着痴情司助理的角色。

"好好看着岱宇。"小区叮嘱女友。

乃意一怔："你有什么独家消息？"

小区吟哦半晌："我有种感觉，她们志在必得。"

乃意知道小区指李满智及林倚梅，"但是……"她大惑不解，"地皮早已由你们区氏投得。"

"不，我是说她们志在必得甄保育。"

乃意既好气又好笑："甄保育是一个人，不是一件货。"

小区这才笑笑："可能我过虑了。"

晚上，岱宇对镜落妆，看见乃意回来，笑道："好心有好报，这次旅行，你与小区收获至大。"

乃意忸怩地说："我只不过看了风景而已。"

岱宇瞅她一眼："也让你晓得，人不可以貌相。"始终帮着区维真。

乃意把手臂枕在脑后："我有点想家。"

"你真好，有家，可供挂念。"

"你又来了。"乃意笑。

她转一个侧，岱宇再叫她，她已睡着。

一进入梦乡便来到白色大屋。

美与慧迎出来，各自蹙着眉尖，有不胜烦恼之态，乃意暗暗好笑，同她们说了个老笑话："我们再这样见面，人家要起疑心。"

美与慧齐齐叹息一声。

乃意问："为谁长叹？"

"另外一个人，另外一个故事，你不认识她。"

"呵，说说看。"乃意好奇心强烈。

"光是一个凌岱宇已经够你烦的了，别的个案你无须知道。"

"比凌岱宇更痛苦，是谁？"

"一对年轻男女，双方家长是世仇，他的祖父吞并她祖父的事业，直接引致她父亲身陷囹圄，可是两个年轻人却不顾一切疯狂恋爱了，上代恩仇好似还不够，他竟然失手误杀她唯一的兄弟！"

乃意悚然动容："我好像听过这个故事。"是否在报上读到，抑或道听途说？这一对年轻男女，最后好像走上殉情之路。

可怕。

这时候美问："岱宇最近怎么样？"

"我把她盯得紧紧的，她情绪尚算稳定。"

"看你的了。"慧说，"不久之后，会发生一件大事，那件事会导致甄保育与林倚梅结合。"她声音黯淡："岱宇会需要你的支持。"

乃意哎呀一声，随即定下神来："不怕，不怕，失恋而已，不是世界末日。"

慧欲语还休。

乃意不甘心："那件事，可否借你们的力量阻止？"

美与慧摇摇头："不在我们的能力范围以内。"

乃意不由得吁出一口气："老实说，我也了解为什么老太太会喜欢林倚梅较多，这个女孩子真正成熟懂事，大智若愚，叫人舒服，家世比起甄氏，又一点不差，必要时两家可同舟共济，借得到力，甄家许有非娶不可的理由，但是，倚梅那样十分的人才，有什么道理非甄保育不嫁？"

美与慧一听，笑得弯下腰。

"喂。"乃意干瞪眼，"回答我。"

美反问："请问这里是什么地方？"

"痴情司呀。"

慧指着乃意笑："原来你还记得这里是痴情司，不是道理司。"

乃意呆半晌："丝毫没有道理存在？"

还想据理力争，忽然耳畔传来游丝般的歌声，音韵凄婉，唱的是："春梦随云散，飞花逐水流，寄言众儿女，何必觅闲愁。"

乃意不知不觉间，为歌声歌词销魂，追随其后，远离美与慧，正行间，忽然看见前面有一白色纤长清瘦背影，分明是她好友凌岱宇，不由得脱口道："岱宇，岱宇，等等我。"

凌岱宇正在看书，忽闻乃意在梦中叫出她的名字来，不禁纳罕，伸手去推她："乃意，乃意，你可是魇着了。"

乃意睁开眼来，怔怔凝视岱宇一会儿，又看窗外，已呈鱼肚白，可见岱宇一夜不寐，不知想些什么，她便轻轻吟道："寄言众儿女，何必觅闲愁。"

岱宇皱眉笑道："你在说什么？"

到了中午由区维真做东，大家约齐在一家意大利海鲜馆子大吃大喝，龙虾大蟹整盘捧上。

乃意连岱宇那一份食物都报销掉。

倚梅含笑道："乃意真有趣，看她吃得多香甜，真叫人爱。"

谁知岱宇冷笑一声："胃口不好，就讨人厌？"

乃意连忙岔开话题，轻轻拉一拉倚梅，问道："你们没有生小区的气吧。"

倚梅笑笑答："乃意，你同我放心，这又气，那又气，岂非白白气坏自己，今天我们约了经纪看另一块地，听说升值能力更高，保不定塞翁失马。"

一边凌岱宇俏脸煞白。

俗云，帮理不帮亲，乃意难为左右袒，普通朋友尚且如此，可想甄保育多辛苦。

岱宇忽然站起来，走到餐厅的大阳台上去看海，乃意连忙跟上去，小区自然也一致行动。

一时乃意讪讪地对小区说："吃惯玩惯，真不想回家面对功课压力，索性叫岱宇收留我做婢仆也罢。"

岱宇冷笑道："岂敢岂敢，也许人家林家等秘书用，我劝你别浪费好机会。"

乃意虽然调皮，也有下不了台的时候，闻言默默走开。

甄保育过来笑道："你是知道她那张嘴的。"

乃意悻悻然："也不管人受得了受不了。"

保育开解："有事说出来也好。"

"这么说，你是十二分欣赏她了，既然如此，又何必一脚踏两船。"

甄保育笑笑："大家还年轻，上哪一只船，还言之过早。"

乃意讽刺他："真的，说不定最后搭的是太空穿梭机。"

甄保育仍然笑眯眯的："听听这话，就知道你们没有一个是好缠的。"

他就是这点好，没有架子，不见公子哥儿脾气。而且，对女性容忍力好似特别强，永远温柔。

乃意叹口气："趁早疏远一个，少多少事。"

保育忽然收敛笑脸，问乃意："依你说，我该亲近谁，又疏离谁？"

乃意答不上来，只说："岱宇可是无亲无故，只得你一个知己。"

"你放心。"保育说，"我自有主张。"

小区走过来，对甄保育有点不放心，把一只手轻轻搭乃意肩上，乃意回头朝他投一个无奈的神色，却并不卸开他的手，小区一颗心落实，乐得飞飞的。

一顿午饭就这样散了。

小区悄悄问乃意："要不要搬开住？"

乃意摇摇头，岱宇不是那样的人，不去触动她心头那根刺，什么事都没有。

痴情司 09,

陆·

岱宇一向不重虚荣，

她崇尚世上至难获得的真爱。

这才是一个人的致命伤。

第二天，小区带来他父亲那边的消息："甄氏机构下属建筑公司有点问题。"

乃意茫然地看着小区，这些对她来讲，全是盲点。

小区向她解释："甄氏有一个住宅地盘工程拖了八个多月尚未完成，欠下各方面大笔利息，已届最后限期，董事们却还齐齐在这里度假，甄老太已发出哀的美敦书[1]追他们回去。"

乃意张大嘴巴，半晌作不得声，定定神再问："为什么甄氏兄弟还像没事人一样？"

"建筑公司的主持人，是李满智。"

乃意呵一声。

---

[1] 哀的美敦书：拉丁文 ultimatum 的音译，即最后通牒。

小区神色狐疑："会不会是她扣住了消息？"

资本主义社会，一个人，不论好坏，无论做什么事，总得有利可图，以李满智这样的才智，损人利己，绝对可为，损人不利己，恐怕她不会干。

"她扣着这样凶急的消息，一定有好处，是什么？"

小区抬起头看着天花板："我想不通。"

"你还不去警告甄保育？"乃意急得团团转。

小区笑："怎么说？你嫂子可能设计害你，你要趁早扑杀她，拼个你死我活？"

乃意气结："你还来逗我。"

"不可，这话万万不可说，好歹是甄家的家务事。"

乃意浑身汗毛竖起来："岱宇又会怎么样？"

小区面色凝重："目前我还猜不透。"

"喂，区诸葛，你动动脑筋好不好？"

"吃太饱了。"小区打个哈欠，"此刻有人捶捶腰就好了。"他看着女友挤挤眼。

乃意不可置信地看着小区，曾几何时，服服帖帖、温驯如绵羊的小区竟会活泼放肆到这种地步，可见不能给男人好脸色看。

124

乃意已无心与他斗嘴斗力:"甄保育当立刻拉大队回家。"

小区为难:"家父刚到,我们还要办一点手续。"

乃意说:"不要紧,我明白,我有我的信用要守,既然跟岱宇来,就得跟她走,当然,你也要履行你的职责。"

小区十分感动,一个女子无须伴侣时时刻刻以她为重,多么可爱,幸运的他不知可以匀出多少宝贵的时间来办正经事,相信每一位成功男士背后都有如此明白大理不拘小节的女伴。

果然,不消片刻,甄保育气急败坏地告诉她:"乃意,我们有急事要回家处理,已订好飞机票今夜走。"

乃意连忙致电航空公司,该日机票已售罄,正在查第二第二日的票,岱宇说:"算了,这明明是她们两姐妹的诡计,我们索性过几天再走好了。"

乃意闻言放下电话转过头来笑问:"你同保育已经有默契?"

岱宇笑着点点头。

她心情好似很愉快,走到窗前,轻轻哼一首歌:"滴不尽的相思血泪抛红豆,开不完春花春柳满画楼……"

乃意讶异:"什么地方听来的这样的老歌?"

"任乃意任乃意,你如此粗心大意,试问如何做一个好作家?"

"作家还有作家的模子不成？"

岱宇笑说："想必有一分清秀，二分细腻，另加点善感，添些心静，方能做得成作家，看你，把你放进绞汁机，挤出来的怕只是滴滴俗气。"

乃意气道："听上去你挺适合写作。"

"我才不要做那样艰巨的工作。"岱宇声音低下去，"不妨告诉你，我已买下一间小红屋，过些时候，与保育到这边来定居，天天就是在后园茶蘼架下喝香槟度日。"

乃意怔住，心内丝丝欢喜，真是天造地设的一对，也得要两个人同心合意没出息才行。

岱宇说下去："家私统共让给甄佐森，李满智也该满意了吧，到时，甄保育无财无势无身份，谁还来骚扰我们？"

乃意说："你是罕见的愿意这么早过二人世界的女子。"

岱宇笑笑问："你呢？"

"我？三十，三十五，谁知道，首先，我要找到名同利。"

岱宇摇摇头："我说错了，任乃意，你是个浊人才真。"

乃意不以为忤："众人皆浊，我独清？不饿死才怪，凌岱宇，你这种吃遗产的人怎么会明白民间疾苦。"

乃意去看过那间小红屋，背山面海，花园足有半亩地大，门口好几株参天大树，以岱宇的能力来说，房子不算豪华，岱宇一向不重虚荣，她崇尚世上至难获得的真爱。

这才是一个人的致命伤。

一架飞机来，却分三班飞机走。

乃意想都没想过，相差四十八小时，便发生那么大的事。

乃意先陪岱宇回甄府，偌大的厅堂楼房静悄悄的，一点声响都没有，问下人，只说老佛爷令所有人都赶到公司去了。

岱宇冷笑说："由此可见，在他们心目中，我还真不算是一个人。"

乃意看着天花板，侧着头想半天，同岱宇说："我要你答应我，无论甄家同你商议什么，都请你知会我与小区一声。"

岱宇说："我在这里只是个闲人，他们才不会同我商量大事。"

乃意似有预感："不一定，有许多事会出乎你我意料。"

乃意回到家，前来替她开门的竟是乃忠。

他比她高许多，下巴与上唇微微长着青色的影子，双手插在裤袋，正向姐姐笑。

乃意紧紧握住他的双手："长久不见，好不好？"又问："阿姨又在什么地方？"

任太太答:"阿姨住惯酒店,老派头不改。"

乃忠坐下,双腿一绕,活像大人:"我已经读过你在报上的文章连载。"

乃意笑问:"你认为如何?"

乃忠皱皱眉头,一派有口难言的样子,欲语还休。

乃意笑说:"不要紧,我受得了意见。"

"十分十分幼稚。"

乃意一怔,索性再问:"还有呢?"

"实际上就是你自己的故事,对不起,那怎么行,你要学着写别人的故事才对呀。"

乃意笑着斥责他:"小男孩懂什么!"

"我身量比你高,我不再是小孩子了。"

乃意终于不耐烦:"人不是论斤秤的,小兄弟。"

任太太说:"好了好了,整年不见,一见就同弟弟吵嘴,做姐姐没有姐姐的样子。"

又是偏帮乃忠,太没意思,乃意站起来回房去。

只听得乃忠在她身后说:"公开日记就可以赚取生活?"

任太太又说:"你姐姐才刚开始写作,你怎么不给她一点鼓励?"

不必客气了，乃意冷笑，有读者的支持即可。

案头搁着出门期间收到的信。

她拣报馆的信先拆。

"乃意同学，少女日记刊登不到一月，甚受欢迎，出版社有意将大作辑成单行本出版，请与我们联络为要。"

乃意目瞪口呆，半晌用力拧一拧面颊，痛，不是梦，真有其事。

大作，哈哈哈哈哈，大作，乃意感动得流下泪来，她原本还以为不知要多走几许黑暗的冤枉荆棘路，没想到如此顺利地开始了第二步。

乃意当然明白，编辑口中逢作必人，是一种客套，倘若真正从此相信自己写的诚属大作，那么，作品生生世世都成不了大作。

还远着呢。

乃意颤抖着声音，生平第一次在电话里与出版社编辑谈生意。

是大人了，有自己的收入，不管多寡，量入为出，即能经济独立。

她同编辑说："我会珍惜这个好机会，我不会让你们失望。"

编辑在另一头听到这样可爱天真诚意拳拳的应允，不禁也感动起来，到底要发掘新人。

得到鼓励，乃意心情大好，顿时和颜悦色起来，稍后，与阿姨共聚，亦有说有笑。

阿姨称赞她："写得很好，不落俗套，清新可喜，我都看过了。"

乃意讶异："在哪里看到的？"

阿姨意外："不是你叫令堂影印了寄给我的吗？"

乃意这才知道，母亲亦十分关心她。

"不过可别疏忽正经功课。"

乃意温和地答："我知道。"

任太太对妹子有感而发："你对我这两个孩子，比我还有办法。"

乃意忽然说："《圣经》上讲过，先知在本家，永不吃香。"

那天他们回家，小区急找乃意。

他约乃意在街角等，车子来时，岱宇也在。

乃意笑问："什么大事？"

可不就是大事，岱宇双眉紧蹙，小区神态凝重。

小区表达能力一向高强，简单明了扼要地说："甄氏经济出了问题，盼岱宇出份子帮着填。"

乃意耳畔嗡一声，来了，来了，她郑重地摇摇头："不行，这是个无底洞，白填。"

小区说："我就怀疑，甄氏是否真需要出动岱宇名下的款子。"

那边岱宇轻轻幽幽地说："是保育跟我开的口，说是他大哥佐森的纰漏，不填下去，叫老太君知道都不得了。"

乃意斩钉截铁道："不行。"

岱宇又说："林倚梅已经一口答应出她那份。"

乃意不禁大奇："这是干吗，拍卖行竞投？"

"我想……"岱宇怔怔地，"我要那么多钱也无用。"

乃意冷笑一声："你开玩笑！穿得好吃得好住得好，哪一样不用阿堵物 [1]，你现在无亲无故，唯一的靠山就是这笔遗产，小姐你今年多大，二十，二十一？来日方长，你肩会挑还是手会提，那么大口气说钱无用？"

小区也忍不住加一句："岱宇，处理财产方面，你千万要当心。"

─────────────

[1] 阿堵物：即钱。六朝和唐时的常用语，"阿堵"相当于现代汉语的"这个"，这个东西，指钱。

乃意皱紧眉头："你那律师叫什么名字，韦文志是不是，你起码该找他商量一下。"

岱宇只是低着头。

小区与乃意面面相觑，知道她心意已定，多劝无益。

乃意尽最后努力："那么，你把小红屋留着自用，另外剩一笔起码的生活费以防万一。"

岱宇轻轻说："小区，乃意，你们俩真是一对大好人，不过这一次请不要为我担心，渡过这个难关，我们就举行婚礼，保育会照顾我。"

乃意还有许许多多意见，有待发表，只是开不了口，过一会儿，她说："岱宇，留着小红屋。"

岱宇笑："好好好好好，高兴了吧。"

乃意面目呆滞，自问没有尽朋友责任，怏然不乐。

把岱宇送走，小区安慰乃意："我们只能做那么多。"

"我要真是她的姐妹……"乃意握着拳头，"就好说话，就有权同甄家周旋。"泪盈于睫。

小区一味劝慰："算了，姐妹又如何，更有许多话说不得，不知多少兄弟反目成仇，陌路一样。"

"维真，我相信整件事是一个骗局。"

小区沉吟。

"这分明是甄佐森与李满智要掏澄岱宇的遗产。"

"我调查过，甄佐森的确需要一笔不大不小的款子填亏空，亲戚互相帮忙，也是应该的，他们婚后，也就无分彼此了。"

"不。"乃意看着天空，"甄保育决娶不了凌岱宇。"

"什么？"

"小区，这是一个诡计。"

"不会的，甄保育是我朋友，我清楚他，他不会害凌岱宇，相信我，保育甚至不会伤害一只苍蝇。"

乃意的左眼皮一直跳个不停，她正伸手搓揉着。

"岱宇的年纪比你大，你别太替她担心。"

乃意叹口气："年龄同智慧不挂钩。"

小区扑哧一声笑出来，在他眼中，任乃意何尝不是鲁莽女，却偏偏卖弄聪明。

"明天一早，我们分头办事。"

乃意早已以维真马首是瞻："请吩咐。"

"我去找韦文志律师，你去与甄保育谈谈。"

是有这种必要。

该夜，乃意心绪有点乱。

初中时她曾偷学吸烟，躲着抽过两包，有犯罪感，因此停吸，可能已经上瘾，一连数日，同今晚一样心神不宁。

睡不着，她伏在桌子上直写了半夜稿子。

第二天，甄保育约乃意在海边一家咖啡室见面。

乃意勇敢地说出她胸中的疑惑。

甄保育笑了："乃意你想象力真丰富，不过也真亏得你体贴入微地为岱宇设想，我且问你，即使你不信任我们，你可知我祖母是岱宇什么人？"

"外婆。"

"这就是了，难道外婆会看着岱宇吃亏不成。"

乃意微笑："问题是，保育，老太君的视力能看到多少，你们又让她看到多少。"

甄保育并不动气："乃意，老太君的目光犀利，超乎你意料之外。"

甄保育态度诚恳，言语中肯，乃意看不出有什么破绽，只得慢慢套话。

"那么，你决定与岱宇到外国结婚？"

保育点点头："我和她都适合过宁静与世无争的生活。"

"生生世世此志不渝？"

保育非常吃惊："任乃意，将来的事，谁能担保，怎么可以要我做终身承诺？量你也不是如此不讲理的女子。"

乃意马上认错："是，你说得对，是我冒失。"

保育笑："我一定原谅你。"

"对，老太太赞成你与岱宇吗？"

保育答得很坚决："是我找伴侣，不是老太太找对象。"

"将来的生活费用呢？"乃意紧追不舍。

"乃意，你的语气好比我的丈母娘。"

"说呀。"乃意催他。

保育摊摊手："我们两人能吃多少？祖母不会难为我俩。"

乃意双目圆滚滚，死盯住保育，保育问心无愧，亦直视乃意，半刻，乃意说："保育，有什么事，我不会放过你。"

甄保育笑不可仰："保不定岱宇有一日撇掉我，账又怎么算？"

乃意冷笑道："她扔掉你，却天经地义。"

"喂，任乃意，你还算不算新女性？"保育怪叫。

"这同新旧无关。"乃意笑，"我摆明偏心。"

保育说："乃意，答应我，将来做我们孩子的教母。"

计划那么长远那么理想那么周详，不知怎地，乃意却有不祥之兆。

"我们下个月订婚,待这边一切公事都摆平之后,便过去那边安顿生活。岱宇上学,我打理家务,乃意,你没吃过我做的红烧狮子头吧,告诉你,一等一好味道,包管你爱不释口。"

听得乃意怪羡慕的,亦欲效颦,一想,才记起自己的愿望是功成名就,况且,总要待名利双收之后,才有资格返璞归真,只得哑口无言。

于是说:"保育,我先走一步。"

"是约了小区吧,维真是个好人,别放过他。"保育挤挤眼。

乃意只是笑,区君人缘真正好。

"他对你极其体贴,知道你不喜欢他脸上的疱,到处找医生治。"

乃意一怔,疱,什么疱?半晌,才记起来:"呵,那几颗小痘。"不是早治愈了吗,都不觉碍眼。

"对女孩子好是应该的。"保育笑说,"多强也还是弱者,力气先天不足,且特别敏感多愁,又要受生育之苦,我乐意做小区同志。"

傍晚区维真来找她,乃意先细细观察他的脸颊,果然,只剩细细疤痕,面疱已愈。

看来下过真工夫。

他自去与乃忠絮絮谈了一会儿，乃忠的态度渐渐恭敬，又向姐姐投来一眼，像是说：没想到那样无聊的姐姐有这样有料的朋友。

乃意啼笑皆非，转头她悄悄问小区："你找韦文志律师干什么？"

"呵，没什么，我见他很是个人物，年纪又同我们相仿，便存心同他交个朋友。"

"已经开始笼络人了。"乃意笑。

维真笑："保育又怎么说？"

乃意下定论："保育对岱宇是真心。"

"这我也看得出来。"

"维真，我们只得步步为营了。"

维真抬起头想一会儿："乃意，我有第六感，这件事有什么地方不对劲，我们好像只看见了阴谋的冰山之尖，还有大部分藏在水晶宫下。"

"维真，你的感觉完全同我一样！"

"会不会是我们疑心太大？"

维真很快恢复常态，笑着说："不然就是你急急要找小说题材。"

乃意含笑送维真出去，一边说："最好能同甄老太谈谈，你说是不是。"

"下星期家父请客，老太太正是主客，不如你也一起来。"

"我？"乃意却迟疑，这不就是拜见伯父伯母？

"你考虑考虑再答复我。"

维真最聪明，永不强人所难，但又一直可以顺理成章得到他要的东西。

回转客厅，只听得父亲说："……矮一点。"

乃意笑问："谁矮？"

"维真呀。"任太太不讳言。

"维真矮？"乃意莫名其妙，"我倒不觉得。"

任太太笑："看顺了眼，的确不觉碍眼。"

乃意答："人不是论块头的。"

那石少南一板高大，言语无味，虽无过犯，面目可憎。

乃忠插嘴："我记得区维真从前笨头笨脑，看见姐姐怕得不得了，此刻像脱胎换骨，机灵镇定，信心十足，怎么一回事？"

任太太笑说："以前乃意不给他机会，他如何表达自己？

一上门就打骂，自然手忙脚乱。"

乃意马上否认："我一向很尊重维真，他一直帮我做功课，我几时有羞辱过他，你们别丑化我形象。"不高兴了，返转房内。

任太太朝丈夫点点头："说得是，乃意从头到尾未曾嫌弃过维真。"

乃忠忍不住笑起来。

维真充分地利用了一次机会，表现良好，得到乃意刮目相看，因而扭转局势，一步一步朝目标前进，发挥才能，获得乃意更大信任，成功带给他自信，言行举止都潇洒起来，维真已非吴下阿蒙。

乃意觉得这种态度太值得学习，放诸四海皆准，她决意要好好掌握报馆给她的机会，慢慢走向红砖路。

困极入睡。

身畔犹自似听得人小鬼大的乃忠讽刺她："还是这么爱睡，想象中大作家是清秀敏感的多，哪里有睡觉猪拿文学奖的。"

乃意不去理他，呼呼入睡，想象中教授何尝不应斯文敦厚，哪有像他那样飞扬跋扈的。

注定他们两人不能沟通。

乃意见到了慧。

慧那袭款式典雅、裁剪合度的白衣恒久耐看，真是奇迹，是制服吧，每次见面，不是匆匆忙忙，就是心情欠佳，来不及问她。

乃意说："我担心岱宇。"

慧颔首："我们也担心她。"

"我听你们说，这是她最后一次机会，什么意思？"

"乃意，你要好好照顾她。"慧忧心忡忡。

"告诉我多一点，我行事也方便些。"

慧不愧叫慧，慧黠地说："不行，不同你讨价还价。"

乃意情急："这同一个人的安危有关哪，稍徇一点私也不行？"

"没有用，要发生的事一定会发生，不可避免。"

"岱宇是否会失去所有财产？"

"不要再问了。"

"她并且会失去甄保育，是不是？"

慧讶异地看着乃意，乃意悲哀地说："我并不笨，我推想得到，你知道写小说这一行，一天到晚要推敲情节，习惯成自然，在现实生活中也技痒起来，忍不住做预言家，但我就是猜不透，两人那么相爱，要用什么大的力道才能拆散他们，又为什么有人要那么做，由此可知，写故事细节至难控制。"

慧忍不住笑起来："看情形你当真迷上了写作。"

乃意谦卑地笑笑。

"这些日子来，你成熟了很多。"

乃意感喟地道："是你的功劳吧，我见你的次数多过美，本市不知哪一个角落，一定有女孩子越长越美。"

"你要哪一样？"慧微笑问。

"美且慧可能兼得？"

慧但笑不语，轻轻握住乃意的手。

乃意长长吁出一口气。

这时乃忠刚刚在客厅同母亲说："乃意睡起觉来，可真不管飞机大炮，那舒服惬意之情，叫人羡慕，我不止一次怀疑，她在梦中，另有天地，另有朋友，另有事业，醒着的世界，不过是敷衍我们。"

乃意别过慧，独自走了出来，忽然游到一个所在，但见荆榛遍地，狼虎同群，大河阻路，黑水荡漾，又无桥梁可通。

乃意并不怕，反而冷笑道："这风景敢情是为现实生活写真来了。"

身边传来哈一声笑，转头一看，却是小区，乃意忙说："维真维真，你可愿意与我并肩走这条艰辛的人生路？"

小区过来紧紧握住她的手："求之不得。"

乃意宽舒地笑出来。

醒来因忙着张罗见区伯母的衣裳，把梦境忘记一大半。

岱宇百忙中陪着乃意逛街出主意。

她自己的订婚礼也迫在眉睫。

岱宇说："我最方便不过，戴母亲留给我的一手珍珠，配一套乳白色小礼服即成。"

岱宇让乃意看过那套珠饰，拇指大的金珠子镶白燕钻项链与耳环，乃意哪里懂，但也觉得名贵，嘴里说着："过了三十岁戴也许更加好看。"从未想过三十岁终有一天会得来临。

岱宇说："你这一套衣裳可重要了，要给区伯母最佳第一印象，让我看：不能穿没性格的淡蓝粉红，白色有点高不可攀，灰同黑老气，大红霸道，绿色不讨好，这样吧，穿藏青。"

"咦，我不要，多像冬天的校服。"

"那……"岱宇沉吟，"紫。"

"活茄子。"

"赤膊，肉色上阵。"

两个女孩子笑作一团。

稍后岱宇怪怜惜地看着乃意说:"也难为你了,暑假过后就要升学,又忙着笼络男友,又要赶着做大作家,怪掏澄的。"

乃意也很感慨:"像不像耍杂技,一失足成千古恨。"

"你不会的,乃意,你逢凶化吉。"

"彼此彼此,岱宇。"

岱宇心满意足地笑:"你不觉得我这阵子顺利得不得了。"

有点像暴风雨前夕万里无云的激辣大晴天,乃意没敢说出来。

结果还是采纳岱宇的意见,用了第一个月的稿费,置了套中价藏青色金纽扣套装便服,去参加区氏饭局。

区家地方宽爽,陈设朴素,看得出是讲究实际的人家,区伯父年纪比想象中大,约有六十余岁,穿唐装衫裤,言语却开明活泼,又好笑,乃意放下心来。

维真那五短身材却像足区伯母,才寒暄,甄老太太驾到,乃意随着大家迎出去。

维真一直站在乃意身边,使乃意心情松弛,表现良好。

广东小菜清淡味鲜,饭后乃意故意坐到甄老太身边去:

"劳烦老太太，一会儿送我一程。"

那老奶奶凝视乃意："我的车可是专门要绕圈子的呵。"

乃意若无其事笑道："没问题，兜风够情趣。"

好刁钻的小女孩，今日见未来婆婆，已算收敛，虽是这样，她却胜在有话直说，绝不藏奸。

上车之前维真悄悄在乃意耳畔说："你讲话小心点，切莫掀露甄氏兄弟的秘密。"

上得车来，老太君先开口："区家是殷实的好人家。"

乃意腼腆地说："什么都瞒不过你老人家的法眼。"

老太太笑："你有什么话要同我说？"

乃意想一想："岱宇终于同保育订婚了。"

老太太揶揄她："任小姐有什么不满意的地方吗？"

乃意问："老太太你会祝福他们？"

甄老太有点啼笑皆非："岱宇的母亲，是我的女儿，你说我为不为岱宇设想？"

"我怕有谗言。"

甄老太斩钉截铁："甄家没有那样的人那样的事！我虽老，不糊涂。"

乃意凝视老太太。

"任小姐，什么事都要适可而止，关心过了分，便变成多管闲事，这种人最不受欢迎。"

"是，老太太。"

甄老太这才笑笑说："府上到了。"

乃意不得要领，十分惆怅，推开车门下车。

甄老太忽然又说："我自会照顾岱宇，你放心，有我便有她。"

乃意抬起头来，忍不住想，老奶奶您的话固然值得安慰，可是您已七老八十，而凌岱宇偏偏是那种一辈子都需要被照顾的人。

想到这里，乃意忽然明白事情的关键在什么地方了。

在岱宇本身。

生活中谁没遇见过敌人，谁没听过谗言，不需要很能干很成熟，便可以应付自如，兵来将挡，水来土掩，即使吃亏，下一次就学乖，渐渐变为成年人，学晓全裸子武艺。

区维真、任乃意、林倚梅，人人都努力学习做人，小小的任乃忠更是高才生。

独独凌岱宇，她抗拒做人，她老是想别人代她做肮脏工夫，而她则长居世外桃源，这样下去，长此以往，是行不通的。

作为朋友，她一定要劝告凌岱宇，做人切切要做全套。

不然的话，头一个吃不消的将是她的伴侣甄保育。

痴情司 09

柒·

时机就是缘分，条件成熟，碰到合适的人，便水到渠成，无须苦苦挣扎。

小区正坐在任家客厅同主人家有说有笑。

乃意的阿姨也来了，手中拿着一杯玫瑰色果子露，乃意一看，渐渐想起美与慧的预言，那则她一直抗拒不愿接受有关她未来伴侣的预言。

阿姨伸手招她："过来呀乃意，干吗愣在门口？"

乃意过去坐在他们当中。

阿姨笑道："刚才维真告诉我们，他有一对朋友，原是表兄妹，下个月订婚，大家正讨论近亲是否适合通婚呢。"

乃意一怔，她从来没想过这个问题，随口答："他们不是一块长大的，女方是华侨。"

乃忠笑："姐姐一向欠缺科学头脑，原谅她。"

这次连乃意都不得不讪笑自己。

任太太说："有个说法是嫁远一点孩子聪明些，所以混血儿学习快。"

乃意沉思，表兄妹，三角恋爱，故事多么熟悉，不知在什么朝代已经发生过几百次……

维真推她一下："想什么？"

乃意茫然摇头。

"老爸老妈很喜欢你。"维真轻轻说。

乃意这才抖擞精神："不骗我？"

"不过叫我们不可疏忽功课。"

"功课功课功课，一辈子就是为功课活着，当真豁出去不交功课又如何？"

难得的是，维真与乃忠异口同声道："那后果会使你害怕到情愿加倍交功课。"

几个大人笑出来。

是维真把乃意与她家人拉近一点点，奇不奇怪，自家骨肉倒要借助外人之力方能沟通。

小区与乃意到街上散步，他表示对乃忠十分有好感。

是的，自小就看得出将来是有一番作为的。

他说："好兄弟是你的本钱，他无须直接帮你，他的成就，你与有荣焉。"

"我明白。"乃意笑笑，"我也会使他觉得有面子。"

"那再好不过。"

"对，岱宇交了罚款没有？"

"已经付出去，本票大部分做甄氏建筑抬头，韦文志律师都记录在案。"

"韦律师年轻有为。"

"你可觉得他英姿飒爽？"小区这句话带试探性质。

乃意笑："我？我是大近视，我比较看得见那种个子小小、诡计多多、说话结巴，却很会替女伴设想的那种人。"

区维真高兴得要隔一会儿才能轻轻转动脑袋。

他比乃意要矮上几厘米，但是乃意此刻把手舒适地放在他肩膀上，一路散步，两人都觉得最自然不过。难关已过。

乃意穿着同一套藏青色衣裳去参加岱宇的订婚礼。

她与维真到得比较早。

过十天八天就要开学，这许是本季最后一个派对。

岱宇一见他俩马上迎过来，给乃意看手上的一只钻石订婚指环："外婆送的。"

客人并不算多，大部分是甄氏亲戚，极之熟络地闲话家常，乃意特地寻找倚梅，发觉她坐在太阳伞下，便过去打招呼。

倚梅神色自若地抬起头来，乃意在她对面坐下，她微微笑："好久不见。"倚梅永远不温不火，但这次表现得却不恰当，已经一败涂地，还装得全不在乎，似乎不合人情。

乃意特意提醒她："你看岱宇多高兴。"

倚梅看看他俩："你说得是。"

她握着一杯饮料，杯子里琥珀色的液体缓缓荡漾，慢着，给乃意看出苗头来了，这是倚梅的手在颤抖，她竟是那样紧张不安。

乃意连忙转过目光。

倚梅轻轻说："你始终认为保育与岱宇是相配的吧。"

"是。"乃意答，"我由衷觉得他俩在一起会快乐。"

"我不认为。"

乃意并不觉得倚梅是故意挑衅："愿闻其详。"

"他俩性格脾气如一个模子印出来的。"

"所以呀。"

倚梅微微笑："他要人照顾，她等人侍候，时间久了，你以为谁会先动手？"

乃意听出大道理来，只是不语。

倚梅嘴角仍然是那个温柔的笑靥："你看到我表姐同表姐夫这一对，他一天到晚悠哉游哉专管吃喝玩乐，若没有她处处为他张罗填亏空，又怎么过这些年，到头来人家还说我表姐霸道，害表姐夫夫纲不振，可是他才离不了她，因为只有她能补充他的不足。"

乃意闻言如醍醐灌顶，不由得沉下脸来。

"你看，他们两人一般高矮，同样秀丽，你想，谁肯做丑人？"

乃意低声说："他们可以学。"

倚梅放下杯子："那么，你最好祝福他们学得快一点。"

这时，保育把双手卷成纸筒一样，叫她们过去拍照。

"来，让我们过去。"倚梅说。

那边诸亲友已经一字排开，留开两个空位等她俩，乃意看得很清楚，保育希望她们站在他身边。

倚梅先开步，不知怎地，她衣角拂到那只杯子，它跌倒得溜溜转动，乃意忍不住伸手扶起它，就差那短短十来秒钟，倚梅已经走到保育身边。

就在这个时候，泳池那一头的入口处一阵骚动，有人排开诸仆役冲进来沉声吆喝："甄佐森！"

第一个抬起头来的却是甄保育，他当时想，谁，谁在这当儿找我大哥?

说时迟那时快，电光石火间那不速之客已经卷到跟前，所有人，在场所有的人都看见他自口袋里取出一管黑溜溜的手枪，瞄准甄保育，却没有一个人动弹，乃意觉得好奇怪，她自己心里十分宁静地想，那恶客要开枪了。但是手脚不听使唤，呆若木鸡。

那人再叫一声:"甄佐森!"像是要肯定他的对象，接着大家听见不会比爆竹声更响的一声爆炸，有人缓缓倒下，之后，众人才恢复知觉，块头大的仆人豁出去，怒吼着扑向凶手，又有人奔进屋内召警。

乃意发觉她排开众人向前，看到李满智扶着老太太避进屋内，而凌岱宇紧紧靠着甄保育颤抖。

咦，乃意呆住，那么，倒在地上的是什么人?

她蹲下来，看清楚了，穿着白衣，胸口近肩膀处一片猩红渍子的是比她走先几步的林倚梅。

她替他挡了一枪。

这时候甄保育已推开凌岱宇，蹲下轻轻扶起林倚梅的上身。

乃意仍然很镇定。

完了，她想，订婚一定就此告吹，这件意外才是美与慧口中说的大事。

乃意看到甄佐森大声吆喝指挥仆人，警车与救护车已呜呜着接近甄府。

区维真过来握住乃意的手。

乃意与他的目光一接触，便明白对方的意思，两人齐齐去找岱宇。

岱宇呆呆地坐在荼蘼架下的石凳上，双目空洞。

维真与乃意过去坐在她身边，握住她的手。

岱宇松手，乃意只见好几颗珍珠散落地上，再看她的颈子，那串项链已不知所终。

乃意哎呀一声，欲起身去寻找，岱宇摇摇头。"不要紧，一切都不要紧。"她喃喃地说。

乃意是红尘痴人，哪里舍得，但是岱宇叹息一声，已自行返回屋内。

宴会早已散场，甄氏亲友全体赶到医院去看林倚梅的伤势。

"甄保育呢？"乃意拉住一个仆人问。

"两位少爷均要前往警局作供认人。"

乃意在草地上看到两颗珍珠，连忙拾起，维真也帮着她找。

半晌，只寻回三五粒，乃意只是叫可惜："这是岱宇母亲给她的首饰，纪念价值重于一切。"

维真看着乃意："你这个人真怪，好像一点都不关心倚梅似的。"

乃意说："倚梅的伤不碍事。"

"你怎么知道……"维真大大不以为然，"这是性命攸关的事。"

乃意抬起头来："你们只看见表面的伤口。"

维真疑惑地问："乃意，你说什么？"

乃意颓然："你还不明白？林倚梅的伤势愈重，甄保育欠她也越多，保育此人一向是株墙头草，摆来摆去没有方向，岱宇这次一定输。"

维真一怔："乃意，别钻牛角尖。"

乃意苦笑："来，让我们到医院去看个究竟。"

他们到得迟，倚梅经过急救，已躺在病床上，甄保育握着她的手正默默流泪，李满智脸带寒霜地坐在一旁，看见维真与乃意，只冷冷颔首。

维真拉着女友识趣地退出。

两人在休息室面面相对，至此维真才知道，乃意并非过虑。

这个时候，两位护理人员笑谈着过来，一个说："真勇敢，硬是替男朋友挡了一枪，伤得不轻，左肩骨一半粉碎，要用钢丝穿起手臂才能活动。"分明是在讲林倚梅。

光是听，乃意已经脚软。

另一位笑答："但愿我也有那样真心爱我的女朋友。"

"不大好吧，叫人拿性命来搏。"

维真看着两人离去，不由得太息一声。

这个时候，甄佐森来了，风度翩翩的公子哥儿此刻一头烟满脸油一额汗，他解开领带掷到废纸篓里去，恨恨地对区维真说："现在都把事情推到我身上，怪我，憎我，我根本不认得凶手！"

乃意冷冷道："通世界都听见他叫你的名字，自然是有人买他来解决你。"

"欠债还钱罢了，杀我有什么好处，分明是嫁祸。"甄佐森愤慨地一叠声咒骂。

乃意的心一动，可是一时未能把细节串在一起。

她忽然觉得非常非常疲倦，想立刻恳求维真送她回家。

这个时候，甄保育自病房出来，用手抹了抹脸坐下，面如死灰，乃意又想听他说些什么？

甄佐森问他兄弟："倚梅怎么样？"

甄保育垂头答:"醒过一阵子,直喊痛,只得给她注射,又昏睡过去。"

甄佐森说:"要些什么,告诉我,我去办。"

甄保育疲乏地答:"她只希望我陪着她。"

"手臂不至于残废吧。"

"总不能恢复到从前那样。"甄保育掩脸,"需要长期做物理治疗。"

大家都沉默无言。

甄保育终于忍不住说:"大哥,我情愿伤者是我。"

甄佐森叹道:"应该是我才对。"

乃意冷冷说:"没想到那么多人爱吃莲子羹。"

区维真以目光制止乃意说下去。

甄保育说:"好端端为了我们叫她终身受创,怎么过意得去。"

乃意不能控制自己,又冷笑道:"娶了她对着一辈子,也就问心无愧了。"

甄佐森跳起来:"你在这个时候还来打趣我们?"

"对不起两位。"区维真拉起女友就找路走。

乃意怒道:"我不用你替我道歉,也不用你代我解释,你若以我为耻,大可以与我绝交。"

维真不去理她："你累了，人在疲倦的时候意志力最最薄弱，你需要休息。"

维真讲得对，身子一累，浑身关节都不听使唤，打三岁起的不如意事也都纷沓涌上心头，叫人气愤，还是回家睡觉的好。

在小轿车内已经开始打瞌睡。

只听得有人叫她："乃意，乃意，醒醒，醒醒。"

谁呀，乃意呻吟，有事明天再说好不好。

"你这个人真是，叫你看住凌岱宇，你倒轻松，没事人似的大睡特睡。"

乃意惊醒，一身冷汗。

维真问："怎么了？"

"把车子驶回甄府去，快。"

"时间不早了，人家也许要休息。"

"你别管，往回驶。"

"任乃意，你这个人不可理喻起来时当真蛮不讲理。"

乃意情急："你们通通忘了凌岱宇。"

区维真一听，立刻把车子急转弯掉头，乃意这才吁出一口气。

区维真在甄宅门口说："乃意你不能不回家睡觉。"

"我看情形。"

"叫我怎么向伯母解释？"

"你那么聪明，一定有办法。"

维真顿足："喂喂喂。"

凌岱宇在楼上小偏厅里喝酒听音乐。

乃意递上空杯子："给我斟半杯。"

岱宇笑笑："乃意，你这个人毕竟有点意思，此刻通世界只有你记得我。"她的情绪还似稳定。

"老太太呢？"

"也到医院去了。"

"你不一道看看倚梅？"

"何必虚伪，她敢挡上去，当然计算过后果，一定有她赚的，才那么伟大，何劳我慰问。"

"岱宇，也许你太偏激了。"

岱宇冷笑："人家一直比我乖巧，那人扑过来时，我只晓得发呆。"

乃意坐下来："我何尝不是，满场宾客，个个呆若木鸡。"

"可是林倚梅偏偏反应敏捷，所以光荣挂彩，令甄氏合家感激流涕。"

乃意的心又一动，但是仍然茫无头绪。

岱宇的首饰华服通通扔在地毯一角，乃意这才记起，今日原是她订婚的好日子。

乃意自口袋里掏出拾来的几颗珍珠，放在茶几上还给岱宇。

岱宇自斟自饮，不予理会。

乃意按住酒瓶："你想做女太白还是怎地。"

岱宇忽然怔怔地落下泪来。

乃意一边替她卸妆一边劝道："这件事情很快就会平息，大家还不是会好好地过日子。"

岱宇又傻笑起来："只除了我，乃意，你是真看不出来还是假看不出来，甄府从今之后多一个恩人，少了一个闲人，再无我立足之地。"

"你过虑了，岱宇，有事明日再说。"

岱宇喝醉了，竟咯咯笑起来。

乃意索性打开天窗说亮话："岱宇，即使离开甄宅，也并非大不了的事情，外头的天地有多大你应该知道，甄家怎么看你，根本没有作用，踩你揍你，不过几个人，眼光放远一点，你若爱出风头，不叫人间百姓仰头看还不算好汉，你若爱恬淡，更加不必理会这小撮人，明日我陪你去找房子搬家。"

刮辣松脆地讲完，门外却传来喝彩声："好，有志气，女孩子说出这样的话来不容易。"

乃意转头看，站在那里的是甄老太太。

岱宇已不胜酒力，乃意只得反客为主："老太太请坐。"

甄老太微笑："你讲得很有道理。"

乃意并不退缩："已经二十一岁了，哪有住外婆家住一辈子的道理，有能力最好出去自立门户，若干女演员在这种年纪早已红透半边天，倒转头来照应父母弟兄，可见环境造人，像我们这种清贫子弟，一早就懂得求亲靠友之苦，并无幻想。"

老太太叹口气。

过一会儿她问："岱宇愿意独立生活吗？"

乃意一怔，本来想用激将法，谁知老太君顺水推舟，真的暗示岱宇搬出去。

乃意强笑一声："我弟弟乃忠十岁就出外寄宿留学，他行，为什么岱宇不行。"

老太太点点头。

乃意不甘心："我相信你仍然关怀这名外孙女。"

"我与凌家都会一直照顾她。"

乃意冷笑:"凌家本来待她不错,遗产够吃一辈子,可惜……"

这时岱宇挣扎着按住乃意,不让她讲下去:"你怎么对我外婆无理,一张嘴吧啦啦的。"仍然帮着甄保育。

甄老太说:"不妨,我不介意听老实话。"

岱宇强笑:"外婆请休息吧,今日够累的了。"

老太太颔首:"明日一早还要去看倚梅,你们也一起来吧。"

她步出走廊。

岱宇蹒跚着自沙发上起来:"乃意,叫维真接你回家,有什么话,明天再说。"

乃意握着她的肩膀,细细观察,岱宇脸如金纸,无半点血色,不知道怎地,却映得眉眼更乌,鬓角更青,嘴角挂着丝惨笑,她拨开乃意的手:"看我干什么,怕我做出什么事来?"

乃意这才放开她,拨电话通知区维真来接。

不知怎地,岱宇嘴角一直带着丝嘲弄的笑意,她终于歪在沙发上睡着了。

乃意在维真的车上苦苦思索。

"维真,岱宇还是输了,这下子甄保育起码要守在林倚梅身边直到她康复。"

维真承认这是事实。

"一切好像都已注定。"乃意颓然，"作为朋友，我们已经尽力，可怜岱宇人财两失。"

回到家，乃意忙不迭地泡热水浴，让维真同母亲解释迟归的原因。

任太太边打哈欠边对女儿说："报馆打电话来追稿呢，大作家。"

乃意这才尝到写作之苦，眼睛都睁不开了，只得把今天的工夫推到明天，层层积压，怪只怪管的闲账太多，误了正经。

乃意把闹钟拨到第二天六点整起床好赶稿，然后扑倒在床上熟睡。

耳畔听见美与慧低低的对白。

美："当真难为了她，你看她累成那个样子。"

慧："不知道她会不会把凌岱宇的故事写出来。"

美："那你我岂非要客串闲角。"

慧："唉，但愿凌岱宇在任乃意的指引下有一个比较理想的结局。"

乃意受不了耳畔絮语，向她俩诉苦："既然一切均属注定，何苦叫我劳神劳力。"

慧轻轻安慰乃意："性格控制命运，岱宇受你潜移默化，性情已经有所改变。"

"我可以肯定她已失去甄保育，我无法助她力挽狂澜。"

慧微笑："你自己说的，生活除了甄氏，还有其他。"

"弊是弊在对凌岱宇来说，悠悠芳心，并无他人。"

美与慧亦十分唏嘘。

乃意说："痴情司，痴情司，解铃还须系铃人。"

"我们已经想尽办法，一代一代一生一生将她身边的人与事简化，希望她摆脱旧时阴影，再世为人，我们又大胆起用你作为助手，灌输新价值观给她，也算是尽了力了，如今她的个案已届期限，再没有起色，上头命令不再受理，我们人力物力也有个限度。"

"我想劝她搬出来。"

"也好，眼不见为净。"

"可是她的经济状况已大不如前。"

慧微微笑："无须十分富裕，也能愉快地生活下去。"

"这我完全相信。"乃意由衷地说，"家母常说，屋宽不如心宽。"

美轻轻附和："咽不下玉粒金莼噎满喉，照不见菱花镜里形容瘦，展不开的眉头，捱不明的更漏，恰便似遮不住的青山隐隐，流不断的绿水悠悠。"

乃意听了为之恻然，古旧归古旧，老土归老土，这调调儿却贴切地形容了凌岱宇的心情。

乃意太息："岱宇还那么年轻……"

慧感慨："就是因为年轻，感觉随着岁月增长麻木，再过三五七载，人人练得老皮老肉，聪明智慧，头一件要做的事便是保护自己，就因为年轻，所以这么笨。"

乃意再次叹息。

闹钟在这个时候哗然跳起来叫。

什么换不完的更漏，乃意呻吟，春宵苦短才对，她完全没有办法起得来。

她挥挥手同闹钟说："去，另外物色一个人去做大作家，给他名同利好了，我只想好好睡一觉。"

"起来，乃意，起来，弟弟今早上飞机。"

乃意号叫着爬起床淋冷水浴。

乃忠蔚为奇观似看着个性自由散漫的姐姐，看样子她也只好做文艺工作，在那种行业，失职或许可美其名曰性格。

自飞机场回来，已经去掉大半个上午，乃意匆匆坐下赶稿。

她不相信那么一大摞稿子会用得光，事实偏偏如此，惨过做功课多多。

直到下午，把稿件交到报馆，乃意才忽然想起，甄老太曾约她到医院探访伤者。

乃意借电话拨给岱宇，只是没人接。

怔怔放下听筒，忽而听得背后有人说长道短。

"什么人？"

"新进女作家哩。"

"别又只会讲，不会写，或是写写就闹情绪累了罢写。"

乃意莞尔，有人的地方就有斗争，信然，不只是甄府、报馆，恐怕全世界都无安乐土。

她直赴医院。

倚梅正由特别看护喂食。

甄保育衣不解带地伺候在侧，乃意只当没看见他。

倚梅招呼乃意："怎么不见岱宇？莫非又生我气。"

乃意心中懊恼，一个那么会做人，另一个活在迷雾中，怎么能怪大人们偏心。

只听得背后冷笑一声："你管谁生谁的气，有些人就是这样，人家躺医院也看不过眼要吃醋，总而言之，你红，她要比你红，你黑，她亦要比你黑，不可理喻地争风。"

这除了李满智还有谁。

乃意静默一会子，实在忍不住，才说："岱宇伤风，怕传染给人。"

李满智笑："真正曹操亦有知心友，这会子我相信了。"

甄保育一声不响。

半晌医生进来检查伤者，示意闲杂人等出去，乃意盼望保育趁此机会出外与她说几句话，但是他却紧候病榻寸步不移，乃意一转头，只看见李满智叠抱着手心满意足地眯眯笑。

乃意心灰意冷，悄悄离开病房，没有任何人注意她，也没有任何人挽留她。

乃意只得叫车去往甄宅。

是住不下去了。

人家无须打骂或是出言讽刺，光是袖手旁观微微笑着看你们自己人杀自己人已经足够。

来开门的仆人对乃意说："凌小姐已经搬走。"

什么！

幸亏背后转出来一个甄佐森："乃意你怎么到这会子才来，岱宇清早起来一声不响要搬，屋里偏偏只得我一个人，劝她不听，又找不着你。"

"现在她人呢?"乃意急得跺脚。

"不用担心,我把她送到酒店办好手续才打道回府。"

没想到要紧关头反而是甄佐森为她出力。

"麻烦你载我一程,我想去看看她。"

甄佐森得其所哉,一路上发表他的伟论:"岱宇太笨,这种时刻,她不应退缩,亦不该闹事,我要是她,就一声不响忍声吞气照常过日子,甚至煮了汤端到医院去侍候林倚梅,好让世人知道我贤良大方。"

乃意冷冷看着甄佐森:"是吗,忍辱偷生,有何得益?"

"不是都为着我那不成才的兄弟吗?"

乃意冷笑:"也许她已经看穿,可能她不想再度费神,恐怕她愿意拱手相让。"

甄佐森一怔:"岱宇? 不会吧。"

"太辛苦,划不来。"

这话像给了甄佐森什么启示似的,他发起呆来。

乃意想到适才李满智可恶的样子,忍不住要与她开一个玩笑,她打开手袋取出一管口红,趁甄佐森出神,轻轻在他雪白的后领上染一道红痕。

下了车,乃意向甄佐森道谢。

他问她："你真谢我还是假谢我？"

乃意纳罕："请说。"

"陪我吃顿饭聊聊天如何，我没有其他的意思，只想诉诉苦。"

乃意听出他声音中的无限寂寥，只是道不同不相为谋，因说："我男朋友是咏春高手。"

她上酒店找凌岱宇。

岱宇坐在豪华套房里，出乎乃意意料，区维真已经在座，另外一位小生是文志律师。

岱宇情绪平稳，只是手中握着酒杯，一见乃意便迎上来："人生得一知己足矣。"

"你们在商量什么大事？"

维真答："岱宇决定搬离甄府。"

韦文志说："我赞成。"

乃意加一句："原先是我的主张。"

"当务之急要找一间合适的公寓。"维真说。

"韦律师。"乃意问，"凌小姐目前经济情况如何？"

韦文志扬一扬浓眉，看一看正在苦笑的凌岱宇："本来凌女士嘱我将名下财产全部拨归甄府。"

乃意看着他，忽然听出因由来，他做了手脚！

韦文志双目透露一丝笑意，语气仍然谨慎："区先生同我商量，有若干不动产，可否延迟数月处理，碰巧我们事务比较忙，因此耽搁下来。"

乃意嘘一声倒在沙发上松口气，好家伙，小区这次救了凌岱宇。

韦文志律师说下去："知道一个人无亲无故无依无靠还找他要钱，是否道德，不在讨论范围之内，可是变卖恒产，的确不是一朝一夕可以办妥的，所以凌女士至今保留这一部分财产。"他看着岱宇欠一欠身子："就不知凌女士有无改变心意。"

岱宇点一支烟，吸一口，站在窗畔，抱着双臂，双目寂寥地看到街上去，不语。

她穿的一件米白色开司米毛衣一直未换，柔软忠诚地贴在她身上，帮忙展示她美好的身段。

韦文志同情地看着岱宇纤长的背影。

"据我所知……"半晌他继续，"甄佐森那个难关已过，听说鼎力资助的是一位林倚梅女士。"

岱宇微微笑，转过头来问："她出多少？"

韦文志自有根据："是你的三倍。"

岱宇颔首："她比我慷慨，付出的代价比我高昂。"

乃意才欲开口，没想到韦文志抢先说："林家在印尼是财阀，这笔数目，本来是林女士的妆奁。"

乃意这才说："甄家的盛衰，已同岱宇没有关系，所剩的，够她生活即可。"

韦文志看着凌岱宇："即使是拨给甄氏的款项，亦并非无条件馈赠，我有文件在手，可以随时代你讨还。"好一个精明为事主着想的律师。

小区说："朋友尚且有通财之道，岱宇暂时不需要这笔债。"

乃意拍拍韦文志肩膀："我要是发了财，一定找你做顾问。"

韦文志笑起来，露出雪白的牙齿。

小区瞪了形容放肆的女友一眼。

乃意连忙说："当然少不了你这个谋臣，维真。"

岱宇按熄香烟，自斟一杯香槟，嘲弄自己："我才真的要靠你们才能生活下去。"

维真却道："懂得请救兵就不会有事，所有专业人士都可以为你服务，最坏的是自说自话，自以为是。"

岱宇干掉香槟，转身进卧室。

乃意从白银冰桶取出酒瓶一看，涓滴不留。

两位男生苦笑。

乃意说："如有安抚作用，帮忙她渡过难关，无可厚非。"

韦律师轻轻说："开头总以为是世界末日，后来，才发觉不过是失恋。"一副过来人的样子。

乃意问："文志兄，你有无听行家说起甄家那宗枪击事件？"

韦文志很坦白："警方的朋友告诉我，伤人只是因为甄佐森欠债不还。"

小区先笑起来："那么，他该认识债主才是。"

"他说他枪法不准。"

乃意问："维真，你怎样看？"

"这件事的后果比起因重要。"维真朝房内努努嘴。

谁知道呢，塞翁失马，也许岱宇从此独立成长。

美丽潇洒，日后再看见甄保育，会在心中嚷：这样的一个人！竟为他流过那么多眼泪！然后仰起头笑，笑自己浪费了那么些年，笑命运唆使了所有人，笑至热泪满眶。

不过先要再世为人，才能这样放肆。

过不了这一关，什么都不用谈。

韦文志并没有即时离去的意思，他斟出咖啡，看着乃意说："很少有这样热心对朋友的人了。"

乃意自觉有资格承担这项赞美，问维真："是不是因为年轻？所以无限热情，过十几二十年，吃的亏多，学了大乖，对友对敌，也许通通变一个样子，你看甄老太就知道，什么事都不上心，至亲都是陌路人。"

维真笑，韦文志也笑。

韦律师临走之前，踌躇一会儿，轻轻走到虚掩的房门边，朝里边张望一下。

乃意马上知道他的雅意，推开房门，替睡在床上的岱宇盖上薄毯子。

岱宇哪里真的睡着了，闻声强自转过头来，一脸重重啼痕，轻轻问："韦君可是要走了吗？"

韦文志忽然不知身在何处，黯然销魂，呆半晌，才出声告辞，仍由乃意送出门去。

乃意对维真说："文志兄对岱宇有点意思。"

维真只是摇头。

"你专门爱同我唱反调。"

"你听我说，这个时候谁碰见岱宇都不管用，她需要长长一段康复期，才能压抑失意，重新抬头，有日伤口痊愈，才是认识新朋友的成熟期，现在？只怕她在折磨自己之余亦不忘折磨他人。"

乃意暗暗佩服小区，但仍不忘做答辩狂："也许韦律师是被虐狂。"

"奇怪，女性都这么看男伴。"

乃意气结。

小区说下去："时机就是缘分，条件成熟，碰到合适的人，便水到渠成，无须苦苦挣扎。"

无独有偶，乃意亦不赞成苦恋，历尽沧桑，赢了也是输了，故此她不认为林倚梅是胜利者。

区维真忽然极难得地说起是非来："倚梅付出那么大的代价，永远得不偿失。"

乃意忽然说："我俩真够幸运的。"

维真握住她的手："你说得是。"

痴情司 09,

捌·

不快乐，不要紧，姿势这样漂亮，
已经战胜一切。

岱宇没有回学校上学。

这也没有引起别人注意，第六班同学变迁最大，不少人已往外国升学：永不再见。

乃意的生活开始精彩，往往在六楼上课当儿，报馆追稿电话打到楼下接待处，让校役咚咚咚跑上去叫她下来接听，乃意不晓得何德何能得享此特权，只希望日后不会让校工张哥失望，有朝一日，希望张哥看到她作品书皮子时可以说："呵，这个作家，我认得。"

这边厢乃意忙得如采蜜工蜂，那边厢岱宇日日在醉乡度过。

乃意不知岱宇怎么做得到，一般来说，即使是美人儿，醉了也形容难当，可是岱宇控制得似乎不错，总是微醺，别有系人心处。

韦文志律师帮她搬到一家酒店式公寓住，设施齐备，一切杂物不必操心，乃意去看过，觉得岱宇仿佛在度一个不会完的假期，醒来就醒来，不醒就拉倒，泳池游半个塘，香槟酒当饭吃，账单直接寄到韦律师处。

闲时坐在太阳伞下或大露台对牢海景凝思，这才是一般人心目中女性作家的理想形象。

不快乐，不要紧，姿势这样漂亮，已经战胜一切。

叫她，她慢慢地应，似先要召回远处的灵魂归位，然后缓缓转过头来，不过这是一张值得等待的面孔，伤感带泪光的眼睛，茫然凄凉的一抹微笑。

总算能够全身而退，已经不容易，即使不离开甄府，甄保育还是会同她取消婚约。

俗世好比拍卖行，一切东西包括名、利、爱情，均系价高者得，岱宇固然倾其所有，可惜林倚梅志在必得。

岱宇轻轻向乃意倾诉："我曾向亡母祈祷，盼望得到祝福，也许她另有旨意。"

乃意不与她谈这个，她只是说："你倒是好，一直喝，却还未曾变为残花败柳。"

岱宇安慰乃意，像是不忍叫她失望："快了，快了，再隔三两年，一定会倒下来。"

乃意啼笑皆非。

彼邦的小红屋一直空置，乃意极力主张租出去："空着干什么，做博物馆还是纪念馆？不可给伤感留任何余地任何借口，趁早扑杀，以免滋生繁衍，弄至不可收拾。"

维真瞪着她："乃意，你真可怕你知道吗，像你这样挤不出半滴闲情的人，怎么写得好小说？"

"你放心，作者是作者，故事是故事，笔下女主角要多浪漫就有多浪漫，至于我，时刻欲仙欲死，伤春悲秋，又怎么天天趴在桌上写呢？"

肯定是歪理，但是一时又找不出破绽来。一日放学，正欲直接往报馆去，想叫街车，却听见有人唤她，乃意一抬头，看见甄保育。

他说："乃意，我们想同你谈谈。"

乃意认得停在那边的正是甄家的车子。

上了车，已经有人在座。

"倚梅。"乃意不是不关心她的。

两个人都瘦了，看上去仍似一对金童玉女。

乃意早意味到会发生什么，一脸凄惶。

过一会儿她问倚梅："你的手臂怎么样？"

"永不能打网球，永不能弹钢琴。"

仍然比凌岱宇好，凌岱宇只怕永不能好好生活。

倚梅说："特地来通知你，下个月我们会到伦敦举行婚礼，双方家长觉得在那里聚头比较理想。"

乃意低下头，过半晌，又抬起头，长叹一声。

甄保育终于问："岱宇最近好不好？"

"还过得去，生活悠闲，稍迟如不升学，也许找一门优雅的小生意做。"说的也都是事实。

倚梅抬起双眼："听说……"她微笑："已经找到新朋友了。"

乃意更正："不是她找人，而是人找她，像她那样的人才，又不会造成男生负担，怎会没人追。"

"是位律师吧。"倚梅打听得一清二楚。

"当然是专业人士比较理想。"

保育沉默一会儿说："这么讲来，她心情不算差。"

乃意答："做我的朋友就是这点好，我最擅解百结愁眉。"

倚梅笑笑："乃意，我最羡慕你这点本事。"

180

乃意忍不住略略嘲讽："我最佩服你俩才对，倚梅你最懂随机应变，保育则仿佛永远可随遇而安。"

甄保育当场有点讪讪的。

倚梅一点不恼，含笑说："迟早我们都得练出一身本领来。"

乃意忽然问："那么岱宇呢，她可是仍然什么都不懂。"

倚梅凝视乃意："岱宇最大的本事是什么都不必懂也不用操心，可是自令得聪明能干的朋友为她仆心仆命地周到服务，乃意，你说句老实话，这种本事是否一等一能耐。"

乃意这样能言善辩也在此刻词穷。

倚梅唏嘘："我只不过是个出手的笨人罢了，做多错多，越做越错，外头还以为我聪明。"

乃意的嘴巴张开来，又合拢去，奈何人人有本难念的经。

"乃意，其实你最公道，只不过站定在岱宇那边，处处为她着想，才分了敌我，我相信你是明白人。"

车子停下来，倚梅请她到他们的新居喝杯咖啡。

甄保育有事走开一会儿，乃意坐在他们雪白宽敞的客厅内呆半晌，然后说："我最不明白的是，你为什么一定要嫁甄保育。"

倚梅笑得弯下腰。

她左边肩膀仍然略见佝偻，手臂也未能完全伸直，此刻低着腰身笑，姿势更见怪异。

乃意忽然觉悟，投资已经这样庞大，不跟着他姓甄，恐怕血本无归，到这步田地，抽身已经太迟，只得跟到底。

乃意只觉难受，连忙低下头喝咖啡。

一边又十分庆幸，维真与她，从来不需这样辛苦，纵使不够轰烈，却胜在温馨自在。

"对了，乃意，我看过你写的大作。"

乃意唰一下涨红面孔，连忙谦道："写着玩的，你别当真。"

倚梅笑："很难讲，文字中感情那么真挚，读者说不定就弄假成真，爱不释手。"

谁不爱听好话，一时间乃意飘飘然，几乎没倒戈奔向倚梅这边，喊一声"知我者林倚梅也"。

一时脸红红的，说不出话来。

门铃一响，进来的却是甄老太，人老了就灵，只听得她精神饱满地说："不好不好，整间屋子白茫茫的难看极了，幸亏我替你们挑了一式织锦窗帘。"转过头来，才看到另外有客。

姜是老的辣，面不改色："任小姐也在这里，好久不见，你没唆使我外孙女吧，怎么不见她来看我。"好像有点痛心。

蔚为奇观，人人都是戏子，生活即是舞台，年纪越大，演技越是精湛，甄老太肯定已经成精。

乃意笑笑："岱宇也专等老太太叫她。"

她不来看你，你不可以去看她吗，爱分什么尊卑老幼，分明是假撇清。

林倚梅不愧是未来乖巧孙媳妇，连忙解围："老太太最近忙得不可开交，你不知道吧，大哥同大嫂闹分居呢。"

乃意一怔，甄佐森与李满智？

老太太看倚梅一眼："何必同外人解释？"坐下叹息。

倚梅笑："乃意不算外人，况且此事路人皆知。"

区维真一定早有所闻，可恨这小子守口如瓶。

"大哥越来越不像话，衬衫领子上印满口红就回家来，大嫂一调查，事情便闹大了。"

乃意注意到倚梅已经改了称呼，本来口口声声叫表姐，此刻李满智已变成不大相干的大嫂，并且把人家的家事稀疏平常娓娓道来。

这是故意的。

倚梅每做一件事都经过深思熟虑，绝无即兴，她是特地要老太太知道，她此刻全心全意要做甄家的人，娘家已不重要。

李满智会败在这表妹手下。

李女士一心一意拉来助自己一臂之力的人现在正努力把她冷落，威胁她的存在。

这出乎李满智的意料吧，早晓得，还是让毫无心机的凌岱宇留在身边，岱宇才不屑研究人际关系、势力范围，李满智午夜梦回，不知是否反悔多此一举?

够了。

看到这里实在已经够了，乃意起身告辞。

走到门口，刚巧保育回来。

他一定要送乃意一程。

一路上乃意绝口不提岱宇，乃意让他闲话家常，给他时间恢复自然，然后他终于说到正题："婚后我就是甄氏机构的总经理了。"

"那多好。"由此证明甄佐森宣告失势。

"大哥不讨老太太欢喜，近日已决定将他撤职，你知道佐森只不过爱花费，不在乎实权，大嫂却动了真气，要离开甄家。"

对别人的家事，乃意不知如何置评，过很久很久，她才问保育："你快乐吗?"

甄保育一愣，非常纳罕地看着乃意："一切都是我自己的选择，我当然满意。"

乃意叹口气，牵着他鼻子走的人实在太高明了，引他入局，控制他，使他完全失去自我，照着所安排的路线走，却还让他以为那是他自由的选择。

也许，那可怕的主使人还会十分谦卑地跟在甄保育身后，处处做出随从貌……太厉害了，这样工于心计，为的是什么？不外是甄保育这个人与他的家私，两者都不算出类拔萃，根本不值得机关算尽，太聪明了，只怕有反效果。

保育见乃意不语，便说："今日我亲身听你说岱宇竟那样懂得处理新生活，总算放下心来。"

乃意忙不迭叫苦，这个误会，分明是林倚梅拿话挤出来的效果，加上乃意逞强，未加否认，甄保育才认为凌岱宇心境不差。

半晌乃意才问："你呢，你适应吗？"

"倚梅十分迁就我，乃意，即使挑剔尖锐如你，也得承认，她对我全心全意。"

乃意还有什么话好说，只得重复一句："保育，祝你幸福。"

"你也是，乃意。"

乃意在泳池旁找到岱宇。

她索性缱绻地抱着香槟瓶子，放意畅饮，这时，偏偏又渐渐飒飒下起细雨来，乃意怕她着凉，除下外套，搭在她肩上。

岱宇握住乃意的手："大作家，什么风把你吹来了。"

手是冰冷冰冷的。

泳池里有几个外国孩子，冒雨戏水打水球，嘻嘻哈哈，不亦乐乎。

岱宇怔怔地说："瞧他们多开心，一点点事，就乐得跟什么似的，沾沾自喜，扬扬自得，仿佛苍穹因他而开，乃意，他们才不管人家怎么看他，其实，人只要过得了自己那一关，就快活似神仙。"

雨丝渐密，乃意缩起肩膀。

"那么……"乃意温和地说，"你也把要求降低点好了。"

岱宇看着乃意："你瞒不过我，你有话要说。"

乃意鼓起勇气："岱宇，甄保育将同林倚梅结婚。"

岱宇十分镇定："意料中的事罢了。"

乃意说下去："你有两个选择，要不终日徘徊醉乡，让它毁灭你一生，要不振作起来，忘记这个人、这件事，好好过生活。"

岱宇像是一个字都没听进去。

"你没有聋吧。"乃意责问她。

岱宇忽然笑起来:"校长,你训完话没有?"

这时刚好韦文志打着伞过来。

乃意把一口恶气全出在他头上:"你干哪一行的?女朋友顶着雨淋你都不管,颓废得似不良少女你亦视若无睹,太没有办法了!"

在岱宇前仰后合的笑声中乃意悲哀地离去。

回到家,听到父母亲在议论她。

"乃意倘若把稿酬储蓄起来,不知能否缴付大学学费?"

只听得任太太答:"写到二〇〇一年或许可以。"

乃意不出声,他们仍然小瞧她。

不要紧,比起凌岱宇,任乃意太懂得自得其乐。

写到二二〇〇年又何妨,时间总会过去,她摊开笔纸,开始工作。

做梦最需要闲情逸致,难怪刻薄的时候,有人会讽刺地说:你做梦呢你。

写作不但拉低功课成绩,且倦得连梦都不大做了,更抽不出时间应酬亲友同学,乃意知道她得不到谅解。

这样的牺牲,将来即使成为大作家,恐怕代价也太大。

乃意倒在床上，合上双目。

仍然潇潇地下雨，鼻端一股清香，她睁开眼睛，看到自己躺在一张长榻上，身边紫檀架上供着一盆白海棠，那香气显然就是花的芬芳，一摸脸颊，一片濡湿，像是哭了已经有段时间了。

这是怎么一回事？

正在发呆，忽然听得咳嗽声，越咳越凶，乃意不由得打横坐起来，不管这是谁，呼吸系统一定有毛病，怎么不看医生。

乃意好奇地随着咳嗽声走入房内，经过窗口，看到一排带紫色斑点的竹子，正随风摇荡挨擦，发出飒飒孤寂之声。

这是什么地方，好不熟悉，乃意仿佛觉得自己曾在该处住过很长很长的一段日子。

她呆呆地欣赏了一会儿雨景，传说舜帝南巡，死于苍梧，其妃湘夫人追去，哭甚哀，以泪挥竹，故竹上斑点宛若泪痕。

正沉思，乃意又闻少女饮泣声。

她伸手掀开一道窗帘，走进房内，只见窗下案上设着笔砚，又见书架上摆着满满的书。

窗上绿纱颜色已经有点旧了，乃意脱口说："不是说要拿银红色的软烟罗给重新糊上吗，这园子里头，又没有个桃杏树，这竹子已是绿的，再拿这绿纱，反而不配，怎么还没换？"

说毕，以手掩嘴，这关任乃意什么事？

少女咳得越发厉害。

乃意再走进去，只见床上帐子内躺着一个女孩子，脸容好不熟悉，乃意正探望，她忽然抬起头来，乃意哎呀一声，这可不就是她的好友凌岱宇。

乃意过去扶起她，惊惶失措地问："岱宇，岱宇，你在这里干什么？"

只见岱宇脸容枯槁，紧紧握住她的手。

室内空气是冰凉的。

乃意吓得落下泪来："岱宇，我即时陪你去看医生。"

那岱宇喘息道："紫鹃，紫鹃。"

乃意扶起她："我是任乃意，岱宇，你看清楚点。"

她急出一身冷汗，岱宇竟病得好友都不认得了？

"紫鹃，多承你，伴我日夕共花朝……"声音渐渐低下去，手缓缓松开。

乃意走了真魂，大声叫："岱宇，你醒醒，你醒醒，我马上叫救护车。"

她大声哭出来。

"又做噩梦了。"一双温暖的手轻轻拍她的面孔。

乃意尖叫一声，自床上跃起，大力喘气，看到跟前坐着的是区维真。

乃意拔直喉咙喊："岱宇，我们马上去看岱宇！"

披上外套，拉着区维真就出门去。

她没有听到父母的对白。

任太太说："这是干什么，成日疯疯癫癫扑来扑去。"

任先生答："艺术家特有的气质嘛。"

任太太说："幸亏有维真，否则真不知怎么办好。"

在路上乃意一直默默流泪。

维真试探问："你做梦了，看见岱宇?"

"车子开快些，我怕她遭遇不测。"

"梦境是梦境，乃意，镇定些。"

"那才不是梦，太真实了，太可怕了。"

"所以叫这种梦为噩梦。"

车子驶到公寓大厦楼下，乃意二话不说，下了车，噔噔噔，赶上去。

什么叫作心急如焚，如今才有了解。

到了岱宇那层楼，乃意未经通报，一径抢入走廊，只见房门虚掩。

乃意一颗心像是要跳出来，但是随即听到乐声悠扬，笑声清脆。

乃意抹干泪痕，这是怎么一回事？

她轻轻推开房门。

只见套房客厅内水泄不通地挤着十来二十个客人，全是年轻男女，正在翩翩起舞。

室内温暖如春，同梦境大大不同，空气甚至因人多而有点混浊。

乃意关心的只是岱宇，于是在人群中搜索，她轻轻避开一对正在热吻的情侣，终于看见岱宇束起长发穿着翠绿露肩晚礼服，坐在白缎沙发上在试一双高跟鞋，而韦文志君正蹲在那里伺候她。

她无恙！

乃意背脊才停止淌汗，她几乎虚脱，吁出口气。

岱宇抬起头来："乃意，你怎么又来了？快坐下喝杯东西，文志君，请为女士服务，还有，小区呢？"

她无恙，乃意双膝这才恢复力道。

乃意轻轻坐在她身边，仿佛再世为人。

"这双鞋子坑了我，窄得要死，穿一会子就脚痛。"

岱宇笑脸盈盈，什么事都没有。

乃意用手掩脸："我做了一个可怕的梦。"

"什么梦？我知道了，梦见你自己一直乱写乱写，一直没有成名。"岱宇竟取笑她。

乃意为之气结："我才不关心那个。"

"真的？说话要凭良心呵。"岱宇咯咯咯笑个不停。

乃意问韦文志："好端端搞什么派对？"

韦文志有点无奈，他把乃意拉至一角。

这位英才蹲在颓废少女身边已有一段日子，一天比一天彷徨，徒劳无功。

"她说庆祝新生活开始。"

乃意默然，岱宇若真的打算从头开始，倒值得燃放烟花爆竹，普天同庆。

"乃意，你脸黄黄的，没有事吧？"

乃意诉完一次苦又诉一次："文志兄，我做了一个极恐怖的噩梦。"

文志诧异："记得梦境的人是很少的。"

"文志兄，我天赋异禀，记得每一个梦的细节。"

韦文志微笑："记性好，活受罪。"

乃意看岱宇一眼："以她如此吃喝玩乐，积蓄可经得起考验？"

"这个让我来担心好了。"

"你打算白填？"

韦文志低下头："身外物，不值得太认真。"

真好，一听就知道韦文志不晓得几辈子之前欠凌岱宇一笔债，今生今世，巴巴地前来偿还。

岱宇总算不致血本无归，她欠人，人亦欠她，有来有往，账目得以平衡。

运气好的人，一辈子做讨债人，人人欠他，他可不欠什么人，一天到晚"给我给我给我，我要我要我要"，乃意希望她亦有如此能耐，下半生都向读者讨债。

她莞尔。

走到露台自高处往下看，只觉得比下有余，胸襟立即宽敞起来。

"乃意。"岱宇不知什么时候已站在她身后。

乃意转过头，细细打量她精致秀丽的五官，不由得冲口而出："岱宇，你到底是谁，我又是谁？"

岱宇一怔，握住好友的手："好了好了，我已知错，明天就把酒戒掉，"她停一停，"这么多人为我担心，为我着想，我若再不提起精神，于心有愧。"

乃意的心一宽，再也不追究梦境："这才是人说的话。"

岱宇不语，只是苦笑。

乃意又问："伤口痊愈了吗？"

岱宇低语："滴血管滴血，流泪管流泪，乃意，成年人无须将疮癣疥癫示众吧。"

乃意与岱宇紧紧相拥。

乃意知道好友已经渡过难关。

迷津深有万丈，遥恒千里，如落其中，则深负友人一番以情悟道，守理衷情之言。

"文志在那边等你。"

"过一阵子许会到南太平洋一个珊瑚岛度假，他笑我终年不见天日，面如紫金，血气奇差。"

乃意拼命点头，热泪盈眶。

"乃意，不要再为我流泪。"

她们俩又拥抱在一起。

这时小区也已经上来了，双手插在口袋里，看着两个女孩子，对韦文志说："这般友情，相信经得起考验吧。"颇为乃意骄傲。

韦文志笑："保不定，她们是很奇怪的一种感性动物，什么时间同甘共苦，同生共死，可是生关死劫过后，又会为很小的事闹翻。"

小区赞叹："韦君你观察入微。"

"不过，我觉得任乃意与凌岱宇却会是例外，她俩是有点渊源的。"

小区连忙答："我也相信她俩有前因后果。"

痴情司 · 09,

玖 ·

凌岱宇的感情书可能是本巨著，

长达一百章。

乃意把新的故事完了稿，在报上刊登的时候，岱宇还没有把酒戒掉。

但是毕竟很少喝醉，醉后也不再哭泣，只是埋头苦睡。

乃意的大作家情结已经渐渐磨灭。

作品首次见报时简直自命大军压境：不消千日，定能夺魁。

慢慢发觉这个行业好比一道地下水，露出来的只是小小一个泉眼，可是不知通向哪条江哪个湖，深不可测，乃意有时亦感彷徨。

她们这一代慢慢也明白再也不能赌气说"大不了结婚嫁人去"这种幼稚语言，入错了行，同男生一样，后果堪虞。

她要是功课好，肯定效法乃忠，按部就班，读饱了书，挑份高贵的职业，一级一级升上去，无惊无险。

同维真谈过，他微笑问："但，你是喜欢写的吧？"

乃意点点头，这一点毫无疑问。

"那还想怎么样？"维真说，"有几个人可以做一份自己喜爱的职业，清苦些也值得。"

他取出两张帖子来搁桌上。

乃意那艺术家脾气毕露，鄙夷地说："又是什么无聊的人请客，叫人去撑场面不算，还得凑份子，完了还是他看得起我们，我们还欠他人情，将来要本利加倍偿还。"

维真看她一眼："这是甄保育林倚梅两夫妻酬宾摆茶会的帖子。"

啊。

一张给维真及乃意，另一张给岱宇。

乃意踌躇："你说岱宇该不该去？"

维真一时没有答案。

"不去只怕有人说她小气，不如叫她与韦文志同往。"

维真的意见来了，十分凶猛："去什么，有什么好去？还能做朋友，又何必分手。"可见原来他心中一直替岱宇不值："做什么戏，又给谁看？何用为不相干的人故作大方，告诉甄保育，凌岱宇在珊瑚岛弄潮未返。"

乃意大力鼓掌，啪啪啪。

维真似动了真气："正在山盟海誓，忽而见异思迁，对这种人，小气又何妨，记仇又何妨！"

乃意喝彩："好，好，好。"

"根本不必叫岱宇知道这件事。"

乃意见维真同心合意，便将帖子扔进废纸箱。

维真却拾起其中一张："喂喂喂，我们还是要去亮相的。"

怎么说法？

维真笑笑："同甄家尚有生意来往。"

乃意不由得惆怅起来，公私这样分明，她一辈子都做不到，非得像维真这般活络不行。

过几日，乃意已浑忘了这件事，岱宇却找上门来讨帖子。

乃意据实相告："扔掉了。"

岱宇冷笑："你有什么权扔掉我的东西？"

又来了，半条小命才捡回来，又不忘冷笑连连，看样子她这个毛病再也改不过来了。

"我们不想你去。"

"我并没有说要去。"

"怕你难以压抑好奇心，定要去看看，人家贤伉俪长胖了还是消瘦了。"

"你太低估我。"又是冷笑。

乃意不语。

"说真的，他们胖了还是瘦了？"岱宇终于问。

"不知道，自茶会回来再告诉你。"

岱宇燃着一根烟："想起来，往事恍如隔世。"

"那才好，要是历历在目，多糟糕。"

岱宇嘴角抹过一丝苦苦的笑，乃意知道她说的，乃属违心之论。

乃意于是问："你到底去不去？去就陪你去。"

"我没有那么笨，你替我找个借口，买件礼物，请他们饶恕我缺席。"

"得令，遵命。"

"然后，告诉我他们是否快乐。"

"人家是否快乐，干你的事？"

岱宇低头，看牢一双手，不语。

"说到底，你究竟是希望人家快乐呢，还是不快乐？"

岱宇看向远处："你说得对，一切已与我无关，在他的世界里，我是一个已故世的人物，倘若不识相，鬼影幢幢地跟着人家，多没意思。"

"哎呀。"乃意拍拍胸口，"总算想通了。"

岱宇转过头来嫣然一笑："还不是靠您老多多指点。"

忽然又这样懂事，真叫乃意吃不消。

岱宇搂着乃意的肩膀："你最近怎么了，说来听听，如何同时应付事业爱情学业，想必辛苦一如玩杂技，愿闻其详。"

乃意傻笑着不作答。

凌岱宇终于发觉这世上除出她还有其他的人了，居然关心起朋友的饮食起居来。

以往，在感情上，她只懂得予取予携：凌岱宇永远是可爱纯洁的小公主，专等众人来呵护疼惜，处处迁就她是天经地义、名正言顺之举，习惯把一切不如意事转嫁亲友负担，很多时候都叫人吃不消。

在乃意心底下，一直怀疑，甄保育会不会也就是为这个反感。

不知道是幸还是不幸，随着环境变迁，岱宇这个毛病好似有改过的趋向。

半晌乃意才咳嗽一声："呃，我嘛，乏善可陈。"

岱宇看着她："乃意你这点真真难得，你是少数对自己不大有兴趣的人，一说到自身，支支吾吾，岔开话题，不置可否，多可爱。"

乃意汗颜。

她认识若干爱自己爱得无法开交、爱得死脱的人，一开口，三五七个钟头，就是谈他个人的成败得失，喜怒哀乐，别人若打断话柄，会遭他呵骂，略表反感，那肯定是妒忌。

"乃意。"岱宇又怯怯地说，"我也太自我中心了吧。"

呵，居然检讨起自己来。

乃意感动得眼睛都红了。

"不。"她连忙安慰好友，"你只是想不开，慢慢会好，不是已经进步了吗。"

话要说得婉转，不能直接打击她，可是也不得不指出事实，唉，做人家朋友不简单。

岱宇苦笑："我还有得救？"

乃意不忍心："小小挫折，何用自卑，岱宇，我看好你，不要让我失望。"

"乃意，你真是煲冷醋专家。"

"岱宇，晒完太阳戏毕水，也该有个正经打算了吧。"

"韦律师也那么说，我总是提不起劲。"岱宇摇摇头，"不知是否遗传，一身懒骨头。"

任乃意要是有那样的条件，可能会做得比她更彻底。

茶会那日，区维真与任乃意因想早走，到得很早。

新居看得出经专家精心炮制，光是道具，已叫人眼花缭乱：威士活的瓷器，拉利克的水晶，蒲昔拉蒂的银具……

乃意暗暗摇头，肯定这些都是林倚梅的妆奁，做坏规矩，世上女子干脆不用出嫁。

任家没有嫁妆，只得人一个，乃意吐吐舌头，要不要拉倒。

幸亏那区维真粗枝大叶，根本没把这些考究的细节看出来。

如果岱宇也来了，也许会觉得安慰，甄保育夫妇不快乐。

不必凭空猜想，无须捕风捉影，人家根本毫不掩饰不和状态，甫新婚，已经相敬如宾。

甄保育坐在露台上抬头仰看蓝天白云，一言不发，林倚梅在厨房吩咐仆人做最后打点。

区维真搔着头皮小小声说："气氛不对。"乃意只得走到倚梅身边搭讪说："别忙嘛，坐下来，我们聊聊天。"

倚梅递一杯茶给乃意："岱宇可打算来?"

"她出了门。"不算谎话，到停车场也是出了家门。

倚梅摊摊手："岱宇如果看到这种情形，一定笑死。"

乃意连忙维护朋友："岱宇不是这样的人，况且，我看不出有什么好笑的事情。"

倚梅不禁叹息："任乃意任乃意，我真佩服你，贯彻始终，朋友眼里出西施，在你心里，凌岱宇居然浑身上下全无缺点，你比甄保育还要厉害，他头脑是清醒的，只是无法自拔。"

"你想到什么地方去了，我们说别的，你的手臂无恙吧。"

倚梅将两条手臂尽量伸直平放，乃意很清楚地看到，左臂已经短了三五厘米，并且，高低不一。

"这条膀子已废。"倚梅颓然。

乃意安慰她："不要紧，你有内在美。"

倚梅一听，陡然大笑起来："任乃意，怪不得你可以成为小说家。"

乃意悻悻地说："你们甄家这几个人，没有一个好侍候。"

"对不起对不起。"

乃意好奇："告诉我，甄佐森怎么了？"

"好得不得了，城里花铺所有勿忘我都被人一扫而空，他才不愁寂寞。"

轮到乃意嘻哈大笑："佐森不是坏人。"

倚梅温和地说："你有一双善良的眼睛，看不到人家的劣迹。"

"那是我的福气。"

外边露台上区维真问候友人："婚姻生活是怎么回事，说来听听。"

甄保育好似没听见这个问题，改问："最近有否见过岱宇？"

"她很好，请放心。"

保育讪笑："这下一定想对我三鞠躬多谢我不娶之恩。"

区维真没给他留面子余地："你说她不应该吗？"

"当然理直气壮。"

"保育，倚梅付出良多，你应好好珍惜。"

甄保育呵呵地笑："这么说来，猎物应对猎人感激不尽？"

维真变色。

甄保育像是把要说的话通通已经说尽，伸长了腿，头枕在双臂之上，双目遥视天空，像是要看透大气层的模样，世上之事，或大或小，或悲或喜，再也与他无关。

维真坐在老朋友身边，为之语塞。

那边门铃一响，又来了一位客人，说到曹操，曹操即到，出现的正是甄佐森。

此人手中捧着一大束紫色勿忘我，乃意一见，不禁绝倒，甄佐森一进门，不知做错什么，已惹得笑声连连，一副尴尬相。

趁倚梅去插花，乃意问他："尊夫人好吗？"

甄佐森自斟自饮："她当然好得不得了。"

"你别黑白讲。"

"小姐，你太天真了，你以为女人真是弱者？甄氏建筑的亏空，通通由我而起，刮下来的脂膏，却不入我口袋，你明白没有？"

真是一笔烂账。

"夫家的刮在囊里不算，娘家人亦不放过。"甄佐森用嘴向倚梅努一努，"直想把所有人抽筋剥皮，方才心满意足。"

乃意没想到会听到这许多是非。

"嘴巴还不饶人，一天到晚嚷嚷：'把我娘家的门缝子扫一扫，够你们甄家过一辈子的。'"倚梅出来听到后问："大哥在说谁？"

甄佐森不语，干尽杯中酒。

"人已经走了，什么事也该一笔勾销了。"

甄佐森放下杯子："我还有事，先走一步。"

倚梅并不留他。

甄佐森走到门口，回头对乃意说："你看到保育没有，简直为魂离肉身现身说法。"

然后拂袖而去。

客人渐渐聚集，乃意暗示维真告辞。

倚梅却挽留他俩："少了你们，简直不成气候，尝尝点心再走，厨子手艺不错。"

乃意偷偷问维真："怎么回事，甄保育的想法忽然变了。"

没想到维真丢了一个书包："纵然是举案齐眉，到底意难平。"

"什么意思？"乃意白他一眼。

"那意思是说，人心不足，娶了这一个嘛，又觉得那一个知心投机；娶了那一位，又觉这一位贤良贤淑，无论选了谁，都一定后悔，必然是错。"

乃意眨眨眼。

"你呢？"维真忽然问女友，"会不会有同样的烦恼？"

"我？"乃意答，"我从来没有选择余地，多好，不必花脑筋。"

维真爱惜地看着乃意:"真的,人还是笨笨的好。"

乃意不知怎么回答好。

维真说得不错,要是喜欢一个人,喜欢得到了家,不知怎地,总觉得他异常地小,异常地傻,时时刻刻需要照顾呵护。

相反,看法则完全不同,像甄保育适才说林倚梅:"你同她放心,人家不晓得多能干多精明,有的是办法:永远屹立不倒,一柱擎天。"

这样,就大告而不妙,表示毫不关心了。

当下乃意握住维真的手:"我们该走了。"

维真站起来,仍然比她矮好几个厘米,乃意对该项差距已经完全视若无睹。

世事一向奇怪:当事人若全不在乎,旁人也就不会特别注意,事主如耿耿于怀,好事之徒马上大感兴趣。

倚梅见他俩坚持要走,只得无奈送客。

才走到大门,乃意不经意抬头,看到半掩着门的书房里闪过一个熟悉的人影。

她轻轻对男伴说:"我还有点事,你先去把车子开过来,等我五分钟。"往书房走去。

维真想叫住她，已经来不及。

乃意走进书房，轻轻推开门，房里光线柔和舒适。

有人对她说："乃意，请进来。"

乃意如被催眠，双腿不听使唤，轻轻转到沙发另一边去看个究竟。

只见穿着高雅黑衣的两位女士微微笑着看住乃意："请坐，老朋友了，何必拘礼。"

乃意受不了这一击，低声嚷："我一直以为你们是梦中人。"她停一停，"抑或，我此刻就在做梦？"

天哪，千万别两者分不开来就好。

只见她俩笑不可抑地拍拍沙发椅子，叫乃意坐到她们身边，方便讲话。

在真实的光线看去，美与慧的年纪，仿佛不会比乃意更大。"真有办法。"乃意赞叹，十岁八岁时见她们，也是这个样子，总也不老。

发式服装含蓄地依附潮流……慢着，看出破绽来了："在梦中，你们穿白色衣服。"

"好眼力。"美赞道，"瞒不过你。"

"你们到底是谁？"乃意低喊。

慧诧异:"不是一早已经告诉你了吗?"

"不,除却担任痴情司,在真实世界里,你俩扮演什么角色?"

"呵,我们只是过客,没有身份。"美微微笑。

"我们来这里干什么?"慧笑一笑,"近来风流冤孽,绵缠于此,是以前来访察机会,布散相思,今忽与尔相逢,亦非偶然。"

乃意似懂非懂,不过她已习惯美与慧的言语方式。

美握住乃意的手:"谢谢你帮了岱宇,我们感激不尽。"

"我并没有出什么力。"乃意腼腆,"是她自己帮了自己。"

慧莞尔:"那么,至少你也帮她自助。"

充其量不过如此。"我还没有开始呢。"乃意起劲地说,"正想拉拢她同韦文志律师,还有……"

美忍不住笑着打断她:"够了够了,好了好了,到此为止,你不是造物主,切莫越界。"

慧提点乃意:"一切顺其自然吧。"

乃意怔怔地,一旦放下这个担子,她倒有丝舍不得的失落。

过半晌她问慧:"到底何为古今之情,又何为风月之债?"

慧笑着说："噫，大作家，读者们还等你慢慢写出来看呢。"

乃意骇笑："我？"指着胸口。

"为什么不是你？"

"我就算写得出，也都是假的。"

美吟道："假作真时真亦假，无为有处有还无。"

乃意尴尬地笑："又来了，你俩真是哑谜专家。"

这时美与慧已不肯多讲，一人一边搭住乃意的肩膀："岱宇因你超越迷津，重新做人实在感激不尽。"

乃意见她俩有总结此事的意思，顿悟："我们可是要道别了？"

美与慧但笑不答。

乃意慌起来："舍不得，合不得，不要离开我，岱宇一事已经证明我是好助手，下次再用我如何？"

美摇摇头："你这个痴人。"

慧劝道："憨紫鹃，这里没你的事！还不凉快去。"

乃意如遭雷殛，无比震撼："谁，我是谁，你们叫我什么？"

偏偏区维真在这个时候推开书房门进来："乃意，你对着满架子的书说什么？等了二十分钟都不见你，原来在此演讲。"

乃意再回头，已经不见美与慧。

落地长窗的白纱帘拂动，也许她俩已经从露台前往大厅，但是更有可能，她俩已回到幽微灵秀地去了。

维真见乃意怔怔的，宛如不知身在何处，不禁摇头说："越发钝了。"

他拉着女朋友离开甄宅。

乃意非常惆怅，这是最后一次见美与慧了吧。

但愿她俩精神时常与任乃意同在，否则的话，一个女子，既不美，又不慧，前途堪悲。

半晌，乃意才回到现实世界来，问维真："我们到哪里去？"

"约了岱宇呢，忘了吗？"

凌岱宇穿着最时髦的20世纪50年代复古红底白圆点密实泳衣，身子浸在水内，双臂搭在池边，正与一个英俊小生说话。

那人，看仔细点，正是韦文志律师。

游泳季节尚未开始，天气清凉，泳池里没有几个人，岱宇兴致这样高，可见心情不错。

韦文志递一杯酒给岱宇，岱宇就着他的手喝一口，仰起脸，笑起来，把长发拨往脑后。

区维真把此情此景看在眼内，十分困惑，轻轻问乃意："一个人，可以这样糜烂地过一辈子吗？"

乃意噗一声笑出来："为什么不可以，城内若干名媛，就是这样过生活。"

维真便不再言语。

过一会儿，乃意说："我觉得韦君真适合岱宇。"

"那自然，他可以补充她的不足。"维真早已与女友一个鼻孔出气。

"你看他俩多享受多陶醉。"

过一刻，乃意看向维真，不知怎地，他俩从未试过沉醉在对方的怀抱里，由开始到现在，乃意与维真始终维持文明友好的关系，互相关怀，却不纵容对方，清醒、理智、愉快，但绝对没有着迷。

可惜。

维真似看穿女友的思维，他温柔地说："爱可燃烧，或可耐久，但两者不可共存。"

乃意大大惊讶："什么？"她赞叹："谁说的？"这话闪烁着智慧。

维真笑笑："一位作家。"

作家？为什么任乃意没有构思这样好的句子？

维真又说："我同你，都不是易燃物体。"

"但是你会照顾我支持我，会不会？"乃意充满盼望。

谁知维真无奈地答："乃意，我人微力薄，能力有限，即使尽力而为，也不会变成超人，假使空口说白话，只怕令你失望，不过我答应你，一定会全心全意站你背后。"

听了这话，乃意愣住。

忽觉无限凄凉，原来想真了，他们不过是平凡的一男一女，生关死劫，都得靠自身挨过，天如果在明天塌下来，他顶不住，她也顶不住，不过，乃意想到维真一定会在那刹那把她搂在怀中，已经泪盈于睫，哽咽起来。

她还要装作不在乎，把头转到另一边，故作讶异状说："岱宇过来了。"

凌岱宇已披上毛巾外套，一见乃意，便轻轻问："怎么样？"

乃意当然知道她的心意，立刻答："人家生活得很和洽，十分愉快。"善意谎话，乃属必须。

难怪维真嘉奖地微笑。

岱宇发一阵子呆，才用细不可闻的声音说："讲真的，林倚梅忍耐力强，适应能力高，确是个贤妻良母人才。"死心塌地地服了输。

乃意问："你呢，你打算玩一辈子？"

"不知道，没有打算，管它哩，懒得理。"她喝一口香槟，咯咯咯笑起来。

年轻有为的韦文志就是为这个着迷吧。

都会中人人朝气蓬勃，孜孜不倦，为什么？为些微利益，为子虚乌有的名气，为一时风头，渐渐演变成蝼蚁争血，再厌恶，亦不能免俗，沉沦日深，不能自拔。

忽而在功利社会遇见对俗世俗事毫无兴趣的女郎，香槟做伴侣，跳舞到天明，至情至圣，心无旁骛地纵容私情，饮泣、欢笑，都毫不矫情，是值得着魔。

韦律师为此几乎不想上班工作苦干。天天巴不得忙不迭将工作赶完，脱离劳形之案牍，奔向岱宇那蔷薇色天空与她进入另一个逍遥世界。

他绝望地需要她。

失去她大抵也不至于死，但是精魂已失，生存没有意义，怀着恐惧，这段感情更令他精神抽搐。

他无时无刻不想缠着她。

韦文志自嘲地问乃意："此刻我处境尚算安全？"

乃意拍拍他的肩膀："甄保育那一章已告终结。"

"可是，凌岱宇的感情书可能是本巨著，长达一百章。"

乃意白他一眼："痴儿，亏你还读那么多书，这等浅易的道理你都不懂，即使占有一章，已经受用不尽，可知世上万般好，便是了，我同你，不过在浩瀚宇宙中一个小小星体上暂时寄居数十年，说什么天长地久，废话。"

韦文志看着乃意，心中激荡不已，一股痴念渐渐释放开来。

乃意笑吟吟地看着他。

韦文志也自己笑起来，过一会儿，自去侍候岱宇。

维真轻轻问乃意："你同他说了些什么，我见他如梦初醒、恍然大悟的样子。"

乃意笑："我同他讲，世事洞明皆学问，人情练达即文章。"

维真也笑："我才不信这两句话会令他醍醐灌顶，感激铭心。"

"维真，我们走吧，不理他们。"

乃意说得出做得到，任务已毕，一派潇洒，专心写作读书。

维真顺理成章地考入法律系，故时刻与他的学长韦文志联络。

乃意第一个长篇小说印出单行本，她捧书爱不释手，抱着它进入睡梦里。

维真取笑她："看着己作，神色温柔爱怜，前所未见，文章肯定是自己的好，信焉。"

一个个字写出来，涓滴属于一己心思，不爱才怪，所以，列位看官，千万不要问一个写作人"你最喜欢自己的哪一本书"，永远没有答案，因为字字看去皆有汗，本本辛苦不寻常。

这个时候，乃意的工作已经有了个良好开始，她不介意别人怎么看，正当职业，只要养得活自己，兼夹有兴趣做，便是理想工作。

转眼间又一年，乃忠这小子又回来了。

多年独立生活使他对家人感情淡薄，拎着姐姐的书，他踌躇地说："可是，这算不算艺术？"

乃意见他对俗世事无一认识，看样子真正适合一辈子藏身学术界象牙塔内，不禁笑得肚子痛，过半晌才答："乃忠，至矜贵的艺术，乃是令大众快乐的作品，艺术并非小撮人之特权，艺术必须自势利阶层手中解放出来。"

既然乃忠喜欢高深莫测、似是而非的辩证法，乃意便满足他。

果然,他听了之后,怔怔地思索,不再发表意见。

对这位兄弟,乃意恐怕永远不能与之肩并肩诉衷情,自他留学第一个暑假起,他们便把对方视作假想敌,只有竞争,没有商量余地,下意识要把对方比下去。

第一回合,乃意胜利,但是她知道弟弟比她小好几岁,他的前途,未可限量。

乃意同维真诉苦:"你看我多无聊,同小弟争出息。"

维真看她一眼:"有竞争才有进步,无可厚非。一些家庭,大哥太爱弟妹,处处维护,形成不平均发展,弟妹终身依赖长兄,一事无成。"

乃意吞吞吐吐,终于讲了老实话:"维真,我想专注写作,放弃大学。"

"不行!"

"咄,我无须你批准任何事宜,我只不过把你当作朋友,特此通告。"

"你一定要花这三年时间。"

"给我一个理由。"

"毕业之后,你可以理直气壮地说:大学课程无用。"

"去你的。"

"相信我，这三年对你日后处事态度以及气质量度有很大帮助。"

乃意不语。

维真的声音忽然缩得很小很小："你就当作陪小子读书吧，我只恐怕你的时间多出来，投入社交应酬界，生活多姿多彩，日渐老练，与我脱节，日久生变。"

乃意抬起雪亮的双目，为什么不早说呢，区维真先生。

"请原谅我这一半私心，其余一半，请相信我，是真为着你好，我知道你的收入已可支付大学费用有余，乃意，进修有益。"

乃意内心渐渐软化，外表只是看不出来。

她希望维真再恳求美言几句。

谁知那小子词锋一转，不再退缩："又，我听乃忠说他肯定要读到博士，你才区区学士，已经逊色，倘若连这个头衔都没有，如何见他。"

乃意笑吟吟地看看他，喏，这便叫软硬兼施了。

矮子多计谋，维真现身说法，紧点松点，松点紧点，便控制住了身边人。

乃意沉吟："我考虑考虑。"

"我早替你报了英美近代文学，将来你至少晓得海明威、费兹哲罗、乔伊斯、艾略特这干人，定对写作有帮助。"

乃意唱反调："文化往往是一个人的包袱，需用资料，仍可抄书，炒香冷饭，照样是门营生，书读多了，这个不屑，那个不肯，事事过不了自己那关，迂腐迂回，白白减了志气。"

维真气结："好一个市井之徒。"

乃意有现成的答案："可幸我生活在现实世界里。"

维真看着她："乃意，一个人做出一点点成绩之后肯不骄傲真是很难的事，你说是不是？"

乃意若无其事："吃那么多苦，就是为着一日可以骄傲，不然还有什么意思，校长，我很钦佩你的理想，但是你那套与人性不合，我无力效法。"

区维真忍不住用双手捧起乃意的脸："你这刁钻女，有朝一日我向你求婚，乃是因为你那套歪论永不使我沉闷。"他大力吻她额角一下。

乃意笑嘻嘻地说："我的读者亦有同感。"

她的读者真待她不错。

一日报馆通知任乃意去取一个包裹。

编辑小邱笑道："是一位老先生亲自送上来给你的，任乃意，你扪心自问最近写过些什么，得罪了什么人，这会不会是包裹炸弹？"

乃意骇笑。

编辑说："真羡慕你们，得到读者厚爱，送花送糖，就差没送金币，我们做编辑的，一样做个贼死，就没好处。"

乃意想一想："但是你们有退休金。"

上帝是公平的，小邱一想，也就不再言语。

乃意好奇心炽，没等回家已经迫不及待将油皮纸包裹拆开，一看，是一摞书。

谁，谁赠书给她？

数一数，一共二十本。

小邱探首过来一瞧："噫，线装书。"

说来惭愧，这还是乃意第一次接触线装书，拾起翻动一下，只觉纸质软绵绵的，好舒服。

她看一看青灰色双层宣纸封面，只见上面楷书写着：戚蓼生序本石头记。

"哎呀。"小邱不胜艳羡，"那老先生竟送你珍贵的一套大字《红楼梦》。"

果然，字大大的，容易看。

小邱一脸惊异，可见这套书有点意思，他又说："送予你，可能，呃……唉……哦……"

乃意笑眯眯地给他续上去："暴殄天物、牛嚼牡丹、对牛弹琴、煮鹤焚琴，来，任择一题。"

小邱辩白："我不是这个意思，你念洋书，不懂《红楼梦》的精妙之处。"

乃意不服气："你别担心，我看得懂中文字。"

"你会有耐心看吗？"

乃意抄起书："不同你说了，我要回家赶稿。"

回到家，才发觉第一册书内还夹着一封信。

在乃意眼中，信纸信封都是中国式样，信纸尤其可爱，毛笔字竟写在淡色国画花卉上。

她读出来："乃意小友，听美与慧说，你还没有读过《红楼梦》！"

美与慧！

乃意惊讶地张大嘴，她俩居然还有朋友，怎么可能！

"遵两人所嘱，赠你一套戚本，这是清乾隆时人戚蓼生的收藏本，存八十回正文，附有双行夹批，回前回后批，是旧抄本中整理得比较清楚整齐便于阅读的一种流行本，希望你抽空一读，再读，三读，一定对写作事业有益。"

乃意抬起头来，美与慧叫朋友给她送来这套书。

乃意如堕五里雾中，好久没在梦中看见过美与慧了，她俩忽隐忽现，忽明忽暗，此刻又仿佛在现实世界现身，真正不可思议。

她摊开信笺，只见署名用"茫茫大士"四字。

乃意抬起头，这算是哪一国的笔名？这么怪，叫读者如何接受？

听说早数十年，笔名无奇不有，到了最近，文艺事业纳入正轨，大家才行不改姓，坐不改名。

看样子，茫茫大士一定是旧名。

乃意好想切一盘水果，泡一壶香茗，躺床上，跷起二郎腿，好好读这本原名《石头记》又名《红楼梦》的好书。

可惜她没有空，她一早约了人。

赴约途中，念念不忘此书，她有第六感，它会成为她百读不厌的一本书。

乃意比较喜欢"石头记"这三个字，朴素、简单、真实，却引人遐想：一块石头，有什么好记？

不过，讲到生意经，又是《红楼梦》稍胜一筹：集冶艳与空幻于一身，这个梦，有关何事?

真想看个究竟。

不过她已经约了林倚梅，只得匆匆赶出门去。

痴情司 09

拾·

不过是失恋，并非世界末日，
原来那样叫她流泪的感情也会过去。

倚梅有话要说。

乃意不是不纳罕的，她同倚梅压根不熟，她想不出为何林女士会找她倾吐心事。

照说以倚梅现在的地位，皇亲国戚要多少有多少，不愁缺乏听众。

她们约在一家大酒店的咖啡座里等。

该处人来人往，其实不是一个谈心的好地方。

乃意叫一杯矿泉水，正坐着等，忽见一丰满艳妇盛装而来，一身披挂通通是香奈儿、金链子、金纽扣、金手袋、鲜红套装配鲜红鞋子，乃意与在座其他人等均有睁不开眼睛之感觉。

幸亏那艳妇得天独厚，皮肤雪白，看上去不致太俗气。

乃意没把她认出来。

那妇人却同乃意打招呼。

乃意真正吓一跳，莫非女别三日，刮目相看，这人正是林倚梅？

不不不，万幸万幸万幸，她只是李满智。

"等朋友？我可以坐一会儿吗？"

乃意为免双方尴尬，老老实实答："我等的是林倚梅。"

"呵，她。"李满智语气充满鄙夷，在乃意对面坐下来。

乃意细细打量李满智："你发福了。"

她遗憾地说："怎么样省着吃都没用。"

"身宽体胖，是好事呀。"

李满智说："乃意，我们的事，你都知道，实不相瞒，甄家的饭，不是好吃的，越吃越瘦，倚梅这人，满肚密圈，出尽百宝，把异己撵走，独霸天下，此刻只怕食不下咽。"

语气有点幸灾乐祸，乃意没有搭腔。

"当年我把她自印尼接来，满以为伊是什么都不懂的一个小土女，嘿，没想到心怀叵测。"

乃意怕她激动，便温和地说："那时我也十分幼稚。"

李满智凝视乃意："你成熟了。"

"谢谢你，你现在好吗？"

"托赖，还混得不错，大生意不敢碰，此刻做意大利二三线时装。"她取出一张卡片给乃意。

"那多好，听说利钱比名牌丰厚。"

李满智笑："差强人意罢了。"

看得出很满意现状。

她说下去："自食其力，胜过天天与情不投意不合的某君纠缠，晚晚查他衬衫有无印着胭脂回来。"

乃意不敢告诉李女士，有一次此君领子上的唇印，是她的恶作剧。

这时候李满智背后出现一个翩翩美少年，才二十多岁的年纪，有一双会笑的眼睛，西装笔挺，一手拿着部寰宇通电话，另一只手便亲昵地搭在李满智肩上。

李满智不用回头，也似知道他是谁，伸出手握住他那只手。

这样的知己，还用说，一定是密友了。

那小生把嘴巴贴近李满智的耳朵，说两句悄悄话，李满智不住颔首。

乃意看得瞠目结舌。

李女士并没有为他们两人介绍。

讲完话，小生走到另一张桌子去，李满智微笑荡漾，似关不住的春光，一直渗透到眉梢眼角。

过半晌她才说："乃意，你一定看不入眼吧。"语气一点也不在乎是否有人不满意。

乃意讲老实话："在你的立场，你的做法，完全正确。"

为什么不可以，本市并无任何法律规定只准中年男子疯疯癫癫地买了勿忘我到处送人，而不许成熟妇女结交美少年。

李满智听到乃意客观公正的评论，倒是一愣。

乃意继续说下去："女性也只能活一次，不妨碍人，又大家高兴，何乐而不为。"

李满智反而收敛了笑容，说道："好不容易等到今天，我们终于抬起头来。"

乃意笑："你的丰姿你的容貌，占了很大功劳。"

李满智感动，拍拍乃意的手背："可惜没有你这么可爱热诚的性格。"

乃意并不谦让:"这点……"她笑:"需多谢家母。"

李满智放乃意一马:"你的朋友迟到,你慢慢等吧,我还有事。"

她一团火似的站起来,走向美少年。

乃意呼出一口气。

那一男一女之间有无真爱?谁关心天下有否真爱这回事,还待考究,正是开辟鸿蒙,谁为情种,都只为风月情浓。

这时,一个穿制服的司机过来对乃意说:"任小姐,车子在外头等你。"

乃意认得是甄家司机,便随他而去。

倚梅自大房车内探头出来:"叫你久等了,不好意思,我见你被人缠住脱不了身。"

当一个人不喜欢另外一个人的时候,对方会忽然失去身份,变得完全不相干,表姐妹忽而成为陌路人。

乃意上车去。

近距离看倚梅,发觉她瘦了。

倚梅本来偏向胖的一面,身上老似有三公斤脂肪超载,是以圆润富泰白皙,笑起来梨涡深深,十分甜美,穿起衣服来,腰身勒得比较紧，三围突出，此刻一瘦，完全失去原有的味道，睑上轮廓竟有点垮垮的。

乃意十分震惊，由此可知，名不虚传，甄家这口大锅饭真不好吃。

当下倚梅说："我就知道这一两天你有空。"

"啊，怎么说？"

乃意啼笑皆非，最关心你的人，往往是你的敌人，信焉。

乃意温和地答："第一，我并非凌岱宇的保姆；第二，我已有一段日子没与她碰头；三，我不晓得她人在巴黎，她从没向我报告行踪的习惯；四，别误会，我们仍是好朋友。"

倚梅凝视乃意："她真幸运，有你这样一个好朋友。"

乃意笑："岱宇有她的好处，我动辄痛骂她，她从不动气。"

"但，你是为她好。"

乃意又笑："有几个人，肯接受人家为他好？"

倚梅叹气："唉！真是不愧写文章的人说的。"

"倚梅，别来无恙乎？"

"乃意，你是玻璃心肝的聪明人，岂会看不出来？"

"倚梅，求仁得仁，是谓幸福，大致上过得去便算了，细节无谓计较，你现在是甄保育夫人吗？"

"他另外有人，一个接一个，挑战我的涵养功夫。"

"甄氏兄弟就是这个脾气。"

"乃意，你好似洞悉世情。"

乃意微笑："不过是旁观者清耳。"

"岱宇快乐吗？"她忽然问。

奇哉，怪也，通通关心起对头人的幸福来。

乃意答："岱宇并非不快乐。"

"我不明白你的意思。"

"倚梅，像你们这种出身的人，很难了解快乐的真义，上帝是公平的，一生下来要风得风，要雨得雨，无须奋斗，焉能享受成就带来的快乐，像我，只要收一封读者信，便乐得飞飞，老总称赞一句半句，一颗心便鼓实实满足得紧，与男伴并肩作战，逐一解开难题，有商有量，又是人生乐趣，当然比你们快乐。"

林倚梅怔怔地听着乃意分析。

"普通人往往最幸福。"乃意总结。

"我应该怎么办？"倚梅忽然问。

乃意讶异："我不知道，我并非感情问题信箱主持人。"

"你那么聪敏，一定有答案。"

"不。"乃意摇头，"你们才聪明，我再笨拙不过，就是因为有自知之明，才安分守己。"

车子停下来。

乃意以为话已说得差不多，可是倚梅接着的自白叫她吃惊。

"也许，只有岱宇克得住保育。"

乃意实在忍不住："为什么任何人要克住任何人？"用到这种字眼，有何感情可言？

"我的意思是，只有岱宇可以驾驭保育。"

"谁是一匹马，整日要用缰用绳来勒着？倚梅，你统共不应该这样想。"

倚梅落下泪来。

她是一个惨败的胜利者。

乃意轻轻说："假如痛苦是这样难当，那还不如放弃。"

倚梅抓住乃意的手臂："在付出这样庞大的代价之后？"

乃意不能偏帮她："倚梅，你付出的，不会比岱宇大很多。"

倚梅一声不响，解开上衣，反剥下来，乃意首次看到她肩膀上的伤疤。

那真是可怕纠结不平的一个大伤口，已经这么些日子了，肉色仍然鲜艳得惊心动魄。

乃意连忙帮倚梅扯起外衣，扣好纽扣："不要担心，整形医生可以帮你。"她的声音忍不住轻微颤抖。

倚梅双手掩脸。

"来，我陪你下车走走散口气。"

"乃意，一切都是我自作自受。"倚梅拉着她。

"余不敢苟同。"乃意答，"该刹那你无私勇敢，大家都很佩服。"

谁知倚梅苦笑起来，泪流满面。

倚梅的情绪很少如此激动，乃意不由得起了疑心。

不过嘴里只是安慰："我听人家讲，蜜月过后，真实的生活开始，夫妻间会忽然发现许多突兀之处，不能配合，非得努力迁就对方不可，倚梅，你心情一向和善，必定可以克服难关。"

"不不……"谁知倚梅一叠声否认，"你看错人了，乃意，我并不是你想象中的好人。"

乃意蓦然发觉，倚梅的精神受到极大困扰，她需要心理治疗。

乃意自问一向最勇于直谏，此刻也不禁踌躇，一味游走，不肯接招，顾左右而言他："老太太好吗，近况如何？"

"最最厉害是她！"

那当然，乃意莞尔，那还用说，吃的盐比咱们吃的米还多，走过的桥比我们的路还长。所以才懂得叫小孙媳来填大孙媳的亏空。烂账烂不到她老人家头上。

大伙还想在她身上刮好处呢，赔了本还不明不白不晓得是怎么一回事。

"倚梅，你精神欠佳，我先送你回去。"

"乃意，我如再约你，你会不会出来？"

"当然，随时随地。"

倾诉过后，倚梅情绪似略为稳定。

乃意看着她上车离去。

事后，与维真讨论这件事："倚梅似隐瞒着许多苦衷。"

维真一贯不予置评。

"你也有很多事没有告诉我。"乃意瞪着维真。

236

"我让甄保育亲口说给你听。"

乃意有点兴奋紧张害怕,她知道整个故事少了一节环扣,现在秘密就快要揭露。

小两口抽空去喝咖啡,乃意有好几件琐事絮絮地征求军师意见。

维真逐一解答:"自我宣传并非不可为,但最好适可而止,对工作认真是应该的,对自己认真过度便变成了自恋,那与自爱又不同……"忽然停止了。

乃意奇怪,抬起头来,只见维真盯着茶座门口,乃意循着他的目光看去,只见门口站着几个衣着光鲜的年轻男女。

乃意好像一时间没认出熟人,便问:"是谁?"

维真看着乃意的脸,讶异地说:"那个男生。"

乃意格外留神,但半晌仍茫然问:"谁呀?"

维真完完全全放下心来,他低下头:"我认错人了,刚才我们说到何处?"

他一辈子都不会同乃意说,刚才站在门口的那个男生,是他中学时期的劲敌石少南。

乃意说:"对了,市政局有个征文比赛找我做评委。"

维真心安理得地说:"算了吧,自己三灾六难,白字连篇,还去误人子弟呢。"

乃意汗颜:"是,校长,我明天一早便去推辞。"

多好,维真想,乃意没把石少南认出来,可见她印象中已经没这个人。

乃意微微笑,多好,维真以为她真的不认得石少南,其实她一眼便看出来,但是,何必惹维真不快呢,这等不相干的人在她心中已毫无地位,认不出也罢。

真正没记性的其实是石少南,他嘻嘻哈哈,随新结交的异性朋友坐到另一角去了。

乃意十分满意,该项艺术叫作小事化无,并非人人做得到。

她讲下去:"《佳人》杂志要求一个访问。"

"这本书花花绿绿,给人没有脑袋的感觉,我劝你不予受理。"

"人家会被得罪的。"

"大作家,人生在世,不可能讨好每一个人。"

"香港电台希望将拙作改广播剧。"

"大可马上答应,这是你的荣幸,人家办事作风高洁严谨,对你大有帮助。"

"区校长，今天就这么多，谢谢你的忠告。"

"我收到乃忠的信。"

"哎呀，他说些什么，好久不知他音讯。"

维真白乃意一眼："这会子有想念他的，昨儿为什么又成了乌眼鸡呢。"

乃意不作声。

"比赛管比赛，勿失体育精神，这是马拉松竞走，十多年后，才知分晓。"

乃意佯装大吃一惊："什么，我此刻还不算大作家？"

"我们走吧。"

乃意充耳不闻："我还不算大作家？"

这玩笑一直开到晚上。

维真拨电话给她，她仍问："我现在还不算大作家？"

"乃意，我们明早八点整去见甄保育。"

"我九点半有课。"

"时间上刚刚好。"维真的安排，一向天衣无缝。

"没想到甄保育早睡早起身体好。"

维真笑了。

乃意一转念，才拍自己一下："我真笨。"

甄保育哪里起得来，他根本还没睡，也许精神最好便是这段时间，稍迟，他就该上床了。

"明早我来接你。"

乃意问："我还不算大作家？"

维真答："你当心发神经。"

乃意决定虚心接受他的宝贵意见，在以后的事业和岁月里，她再也没有问这个问题。

他们到的时候，甄保育松了领带，正半躺在沙发上。

那是另外一个地方，另外一家公寓。

他们搬了家？

不，另外有女主人。

那女郎比他们都大一点，约莫二十多三十岁，长着一头黑压压的好浓发，笑嘻嘻地对客人说："各位请自便，我失陪一会儿。"便转进内室去。

观甄保育自在神色，他似有好一段时间没有回家了。

乃意坐到他身边去。

保育笑："乃意，维真说你有话同我讲。"

乃意点点头。

"你与维真两人真好，既能维持中立，又能成为每个人的好朋友，了不起。"

"保育，告诉我，为什么大好婚姻只维持了短短几个月。"

保育伸长双腿："有人欺骗我。"仍然咕嘟咕嘟不住喝酒。

乃意忍不住说："不要开玩笑好不好。"

甄保育嘲弄地牵动嘴角。

莫非倚梅忘记把前任男友的细节告诉他。

保育摇着头："她编排了整场好戏，自任主角，导演则是她的表姐李满智。"

乃意莫名其妙，沉重地看着甄保育憔悴疲倦的面孔。

"你还不明白，乃意，订婚礼那一幕，难道你已忘怀？"

乃意忙碌地思考，半晌，抬起头来，惨痛地说："不！"

"大作家，且看你编不编得出这样的情节来：一个女子，为达到目的，竟不择手段，雇人来破坏一场订婚宴，而最终受害者，却是她自己，你说，厉害不厉害。"

乃意过半晌才说："保育，你多心了，这样做有什么好处，别忘了她除出得到你，还获赠终身残废。"

"但是她胜利了。"

"没有人会如此渴望胜利。"

"你不了解她。"

"那么保育，你的懦弱正是她的帮凶。"

甄保育咯咯笑起来："乃意，没有你，故事结局便不一样。"

"我？我只是个观光客。"

"不，你扭转了乾坤，现在岱宇才是赢家。"

"我不认为岱宇会计较这等无谓的输赢。"

保育不再作声，他似累了，合拢双眼，渐渐打鼾。

他身上有袭人的酒气。

乃意叹息，对维真说："我们走吧。"

维真与乃意悄悄离去。

途中乃意说："保育走火入魔。那是毫无根据的猜臆。"

维真沉默一会子才开口："他绝对有人证。"

乃意十分震荡："谁？"

"林倚梅。"

乃意张大嘴巴，什么，她，她为何暴露自己的恶行？

"林倚梅有梦游的习惯。"

乃意一听，先是吃惊，随即笑起来，她笑得是那样厉害，以致眼泪滚了下来，她如被人点了笑穴，笑得歇斯底里。

维真让她发泄足够，等乃意终于止住笑，才说："这真是一个悲剧。"

"是她做的床，活该她睡上去。"

"不要让岱宇知道这件事。"

"我的嘴唇已密密缝上。"

过很久很久，维真问："乃意，你会不会做这种三败俱伤的事？"

"我？"乃意看着天空，"谁拼了命来同我抢你，维真，我双手捧上，立即退出，我若自爱，哪怕无人爱我，将来必然找到更好的，凯旋而回。"

"林倚梅明明比你聪敏，为何不懂此理？"

那必定是太聪明了，想过了头，想出常人不敢做的事来。

乃意冲口而出："岱宇是应该嫁给保二爷的。"

"算了。"维真摇摇头，"不会有幸福，快则一年，迟则三年，一定分手。"

"何以悲观？"

"两人性格都多疑、优柔、怯弱，缠在一起，必定累死，因为没有结合，才叫人遗憾而已。"

"我要叫岱宇问甄家讨还那笔债。"

维真笑："那得同文志兄商量，现在他管她的财政。"

乃意纳罕："他为什么还不动手？"

维真说："人人都有私心。"

是了，他怕女朋友不再依赖他。

乃意喃喃说："我只希望岱宇快乐。"

维真笑笑："快乐是至深奥的学问。"

乃意不以为然："我不知道别人怎么想，我自问十分快活，我绝不让烦恼困扰我超过半天，即使想到乃忠有一天会成为大教授而我只是报尾巴作者，亦不会难过至死。"乃意伸手拉拉自己的面颊："我胜在老皮老脸，厚皮厚肉。"

维真紧紧握住她的手。

四年后。

一待乃意毕业，维真就向她求婚。

任太太一叠声眉开眼笑地好好好，毫不掩饰求之不得、如释重负之情。

乃意摇摇头，难怪女大不中留，实在是不能留。

乃意此际已经薄有文名，靠稿酬已可穿美服游欧陆，可惜没有积蓄，维真不鼓励她储钱，免乃意过分独立。

最令她失望，或是不失望的，是任乃忠这小子，从来没有人那么小就立志，且一路毫不松懈跟到底。

谁在小学六年级作文堂没有写过"我要做一个消防员"或是"我要做一个清道夫"之类的愿望，只要工作有意义，能为人民服务，收入菲薄，生活清苦，在所不计，暑假一过，立刻抛在脑后。

由此可知任乃忠有异常儿。

他跳过两次班，考入大学，准备一鼓作气在六年之内修完博士课程。

父母认为他游刃有余。

乃意却闲闲地说："保不定在读硕士的当儿看中哪个女生，从此把学业荒废。"

任太太脸色都变了。

仍然偏心，巴不得将乃意送出去，但是乃忠，乃忠是另外一回事。

　　乃意心安理得嫁到区家去。

　　人长大了，渐渐分心，工作又忙，乃意与岱宇只间歇见面。

　　此刻的凌岱宇又是另外一种面貌，长发剪短了贴在鬓角，比较喜欢颜色鲜艳的衣服，不变的是仍爱诉苦与抱怨，还有，一进场，照样吸引众人眼光。

　　一坐下她就说："同韦文志分手，似是不可避免之事。"语气有点遗憾。

　　对这等稀疏寻常之感情事宜，乃意不感兴趣，不予置评。

　　"日久生厌，这话真的不会错。"岱宇轻轻吁出一口气，"谁会同谁一辈子。"

　　"呸！我同维真三辈子都不嫌多。"

　　"对不起对不起，请恕罪请恕罪。"岱宇用手托着腮，"不过，感情生活如此古板，怎么写浪漫的爱情小说？难为你读者还真不少。"

　　乃意嗤一声笑出来："事事要现身说法，亲身经历，那还了得。"

　　"你没有感受呀，怎么形容？"

"看你们折腾掏澄，亦如同身受。"

"差远喽。"

"那么下一个故事你来写。"

岱宇以双臂作枕，悠悠然说："还能写出来，就不算切肤之痛。"

乃意忍不住问："新欢是谁？"

岱宇只是笑，过一会儿她说："我听人家讲，甄保育单方面入禀要求离异。"

这也是很普通的事，乃意不出声。

"要是那时我能同他在一起，离婚的便是我。"

乃意抬起眼来，成功了，凌岱宇一副侥幸的模样，可见她已经完全不把此人放在心中。

不过是失恋，并非世界末日，原来那样叫她流泪的感情也会过去。

"我才不要结婚。"是凌岱宇的结论。

接她的人来了。年纪比较大，身形却一点没有变，风度翩翩，一表人才，看见岱宇的背影，已经一脸爱怜。

岱宇于是笑着同乃意说："我们要保持联络。"

"当然。"

她轻快地把手臂绕着那位男士走了。

成功了。

已经没有心肝了。

只有这样，才可以在情场出出入入。

凌岱宇迟早练成一级好手。

乃意满意地对自己笑笑，离开茶座。

忽见前面有两个黑衣女子，其中一个，正伸手向她招动，隐约间微微笑，姿势绰约动人。

"美！"乃意脱口叫出来，连忙排开众人向她们接近，"慧！"

她真正渴望再看见她们。

乃意见只有一臂之遥，便伸过去搭在人家肩膀上，一边嚷："想煞我了。"

人家转过头来，讶异地瞪着乃意，若不是同性，早已叫非礼。

原来是个陌生人，乃意失望地退后一步："对不起，原谅我冒失，我认错人了。"

那少妇忽然转恼为喜："我认得你，昨天你才上电视，你是小说家任乃意。"

乃意嗫嚅："不敢当不敢当。"

敷衍半晌，才脱了身。

晚上，乃意向维真诉苦："……动辄被读者认出来，大大不方便。"

维真偷笑。

"你笑什么？"

"笑你竟言若有憾到这种地步，可耻。"

乃意卷起手中一册《红楼梦》，敲打维真头颅。

维真闪避。

片刻乃意静下来，扬扬手中的书："我还是觉得相似之处甚多。"

"你倒想。"

"说真的，我到底同凌岱宇是什么渊源，为什么同她这么要好？"

"年纪相仿，臭味相投。"

乃意不服气："又有几个人为恋爱仆心仆命？"

"所有不幸的少年都难免沉沦。"

"我同你怎么说？"

"我俩幸运，故此要欢天喜地。"

乃意怏怏地放下书本。

图书在版编目（CIP）数据

痴情司 /（加）亦舒著．—长沙：湖南文艺出版社，2017.9
ISBN 978-7-5404-8177-3

Ⅰ．①痴… Ⅱ．①亦… Ⅲ．①长篇小说 – 加拿大 – 现代 Ⅳ．① I711.45

中国版本图书馆 CIP 数据核字（2017）第 147304 号

上架建议：畅销·小说

CHIQING SI
痴情司

作　　者：[加]亦舒
出 版 人：曾赛丰
责任编辑：薛　健　刘诗哲
监　　制：毛闽峰　赵　萌　李　娜
特约监制：刘　霁　郑中莉
策划编辑：李　颖　沈可成　谢晓梅
文案编辑：张明慧
营销编辑：贾竹婷　雷清清
封面设计：张丽娜
版式设计：李　洁
出版发行：湖南文艺出版社
　　　　　（长沙市雨花区东二环一段 508 号　邮编：410014）
网　　址：www.hnwy.net
印　　刷：北京天宇万达印刷有限公司
经　　销：新华书店
开　　本：775mm × 1120mm　1/32
字　　数：162 千字
印　　张：8
版　　次：2017 年 9 月第 1 版
印　　次：2017 年 9 月第 1 次印刷
书　　号：ISBN 978-7-5404-8177-3
定　　价：38.00 元

质量监督电话：010-59096394
团购电话：010-59320018